행복의 투이새를 찾아서

행복의 투이새를 찾아서

초판 인쇄 · 2022년 10월 25일
초판 발행 · 2022년 10월 31일

지은이 · 장현숙
펴낸이 · 한봉숙
펴낸곳 · 푸른사상사

편집 · 지순이 | 교정 · 김수란, 노현정 | 마케팅 · 한정규
등록 · 1999년 7월 8일 제2-2876호
주소 · 경기도 파주시 회동길 337-16 푸른사상사
대표전화 · 031) 955-9111(2) | 팩시밀리 · 031) 955-9114
이메일 · prun21c@hanmail.net
홈페이지 · http://www.prun21c.com

ISBN 979-11-308-1965-5 03810
값 16,000원

행복의 투이새를 찾아서

장현숙

푸른사상
PRUNSASANG

2022년 봄 우리 곁을 떠나신

장현숙 교수님의 명복을 빕니다.

제1부 여행, 그 플러스 알파의 힘

제2부 행복의 투이새를 찾아서

제3부 마음의 물길

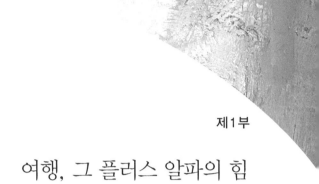

제1부

여행, 그 플러스 알파의 힘

칼랄라우의 하늘과 바다에서
다시 길을 찾다

긴 겨울 내내 나는 길을 잃었다. 왜 살아야 하는지, 무엇을 위해 살아야 하는지, 어떻게 여생을 살아가야 하는지, 가족에게 나는 어떤 의미가 있는 것인지, 나에게 가족은 어떤 의미가 있는 것인지 되묻곤 했다.

무기력하고 우울한 긴 터널 끝에 코로나까지 나를 가로막고 있었다. 하와이로 가는 길은 멀고 또 멀었다. 공항과 비행기의 방역망을 뚫고 8시간 만에 호놀룰루 공항에 도착했다.

Alo~ha! 서로의 존재와 생명의 숨결을 함께 나눈다. 엄지손가락과 새끼손가락을 편 채 가운데 세 개의 손가락을 접고 어깨를 번쩍 들어 인사한다. 조건 없이 사랑하고 서로 화합하며 존중한다는 의미를 담고 있다. 말하지 않아도 알 수 있고 보이지 않아도 볼 수 있다는 상호 간의 이해를 의미한다. 이것이 하와이안들의 인사법이다.

Alo~ha! 가이드인 이 팀장님은 플루메리아로 만든 꽃목걸이 레이를 목에 걸어주었다. 구름이 뭉게뭉게 떠다니는 파아란 하늘, 살랑살랑 불어오는 바람과 따뜻한 햇살, 이름 모를 풀들과 새들의 지저귐은 순식간에 지친 육신을 나긋나긋 녹여내기에 충분했다. 천사처럼 해맑은 미소와 조금 과장된 표정과 제스처로 우리를 웃겨주고, 반겨주고, 지친 마음에 위로를 주려고 애쓰는 이 팀장님 덕분에 행복한 여행이 시작되었다. 킹 카메하메하 동상 등 시내 관광을 마치자, 이 팀장님은 예정된 햄버거 대신 밥 위에 참치를 올려 비벼 먹는 포케볼을 먹도록 배려해주었다. 오아후섬을 한 번에 볼 수 있는 탄탈루스 언덕 전망대에 올라 나는 하늘로 두 손을 번쩍 들어 올리며 찰깍 사진 한 장을 남겼다. 이 팀장님이 찍어준 사진들은 한 장 한 장 예술사진이 되었다. Mahalo! 고맙습니다.

다이아몬드 헤드를 끼고 와이키키의 반대쪽에 위치해 있는 하와이의 베벌리힐스, 카할라 고급 주택을 거쳐 중국식 랍스터 요리를 먹고 호텔 체크인을 했다. 호텔 LA CROIX.

2일째는 자유 시간. 파인애플, 망고, 파파야, 오렌지 등 과일이 풍성한 호텔 조식을 마치고 침대에 뒹굴면서 오랜 비행의 여독을 풀었다. 점심에는 지인에게 소개받은 일식집(와사비 비스트로)에서 가리비와 버섯으로 만든 요리와 생선들을 먹고 와이키키 해변으로 출발했다.

나는 룸메이트에게 호텔을 거쳐 해안가로 가자고 했다. 해안가 호텔에는 비치로 가는 길이 잘 정비되어 있다. 또한 휴식할 수 있는 소파 등 편의시설을 이용할 수 있고 볼거리가 많다는 것을 경험으로 잘 알기 때문이다. 나의 예상대로 해안가에 면해 있는 수영장에는, 푸른 바다를 보며 수영하는 사람들의 행복한 웃음이 넘실대고 있었다. 태평양의 짙푸른 바다에 코발트빛 하늘이 닿아 햇살에 반짝반짝 빛나고 있었다. 넘실넘실 곡예 춤을 추는 서퍼들과 요트들이 점점이 흘러 다니고 있었다. 무심히 흘러 다니는 요트처럼, 우리네 삶도 그렇게 무심하고

칼랄라우의 하늘과 바다에서 다시 길을 찾다

평온하게 흘러간다면 얼마나 좋을까.

와아! 우리도 저 수영장에 풍덩 뛰어들어볼까? 겉옷 속에 수영복을 입었으니. 투숙객처럼 비치 선베드 하나씩 차지하고. 깔깔깔. 결국 나의 신분과 체면 때문에 수영장 이용은 포기했다. 한 시간에 20달러를 지불하고 파라솔과 비치 선베드를 빌렸다. 수영을 못하는 나는 그래도 태평양의 바다를 즐기기 위해 엉금엉금 바닷속으로 기어들어갔다.

바닷물은 적당히 따뜻했고 하늘은 드넓고 평온했다. 바닷물에 둥둥 떠서 바라보는 하늘은 그저 무연히 맑았다. 존재는 무겁고 하늘은 가볍다. 왜 아름다운 풍광을 보면 문득, 눈물이 나는 걸까. 의자처럼 생긴 튜브를 타고 둥둥 떠다니는 여자들을 보며 나는 용기를 내었다. 가슴 깊이까지 차는 바다로 들어갔다. 나도 하늘을 향해 둥실둥실 부력을 이용해 떠올랐다. 부력에 의해 나긋나긋 너울대는 팔과 다리처럼 나의 마음바다도 평화와 행복감으로 서서히 충만해지기 시작했다.

그래. 작가 김형경은 그의 소설 『세월』에서 말했다. "바다 앞에서는 절망하지 말 것" "바다 앞에서는. 바다만큼 많은 희망의 태양을, 바다만큼 많은 허무의 풍랑을, 바다만큼 많은 생물을 키우는 박애를 제 안에 가지고 있는 자가 있는가. 그러므로 바다 앞에서는 그 무엇에 대해서도 말해서는 안 된다. 바다 앞에서는 침묵하여야 한다"라고. 그래, 맞아. 그렇지. 여전히 반짝반짝 빛나는 바다를 두고 나는 바람 소리와 파도 소리를 떠나보냈다.

나는 와이키키 끝자락에 있는 울프강 퍽 레스토랑으로 갔다. 여행사에서 준 기프트 쿠폰으로 햄버거와 피자를 시켰다. 햄버거를 싫어하는 나이지만 맛있게 먹었다. 피자는 양이 많아 거의 남겼다. 양이 이렇게 많을 줄 알았다면 한 가지만 시킬 것을. 굶주리는 사람도 많은데. 미국에서도 노숙자들은 공원에서도 잠을 잔다. 기아와 가난은 이 세계 곳곳에 만연해 있다. 다만 사람들이 무신경할 뿐.

3일째는 중국인의 모자를 닮았다는 모자섬에 도착했다. 그런데 갑자기 비바람이 몰아치더니 나의 모자를 날려버렸다. 아, 내 모자! 모자는 바람에 날려 바다 쪽으로 날아가더니 바닷

칼랄라우의 하늘과 바다에서 다시 길을 찾다

물에 둥둥 떠 흘러가기 시작했다. 아끼는 모자가 바다로 흘러 들어가자 나는 해안가를 향해 마구 뛰었다. 비바람에 우산이 꺾어지고 있었다. 그때 마침 이 팀장님이 구두를 벗고 바다로 달려가서 내 모자를 잡아주었다. 정말 아끼는 모자인데 잃어버 릴 뻔했다. 상실 후에는 더 큰 기쁨이 찾아온다. Mahalo! 이 팀 장님. 고맙다, 내 모자야. 나는 여행 후기에서 이 팀장님에 대 한 고마움을 쓰기로 마음먹었다.

비바람이 키 큰 야자수의 허리를 거세게 훑으며 지나가고 있 었다. 바다와 섬이 어두운 회색빛 구름에 싸여 먼 겨울바다처 럼 고적해지고 있었다. 그런데 모자섬은 검은 목탄으로 그린 듯, 흑백사진인 듯, 청회색 바다 위에 의연하게 떠 있었다. 와 아! 멋있다. 찰깍. 우리네 삶에도 어찌 비바람이 불지 않으리. 그저 모자섬처럼 비바람을 의연하게 견디며 서 있으면 그뿐인 것을. 모자섬을 떠나자 다시 날이 개었다. 이 또한 지나가리니. 세상 이치가 다 그렇지 않을까.

〈쥬라기 공원〉〈로스트〉 등 영화 촬영지로 유명한 쿠알로아

모자섬

칼랄라우의 하늘과 바다에서 다시 길을 찾다

랜치는 새로운 신세계를 보는 듯 웅장했다. 푸른 초원도 있었다. 검은 어미 소의 젖을 빨아먹는 아기 소의 사랑스러운 모습에 웃음이 나왔다. 6륜 스위스 군용 차량을 타고 정글 코스를 탐험하는 마운틴 투어 후 카후쿠 푸드 트럭에서 새우덮밥을 먹었다. 하얀 꽃을 피운 나무 아래에서 떨어진 꽃이 향내를 풍기고 있었다.

4일째, 나는 카우아이로 향하는 비행기를 타기 위해 새벽 일찍 숙소를 나섰다. 카우아이는 관광객이 갈 수 있는 하와이의 여섯 개의 섬(오아후, 카우아이, 몰로카이, 라나이, 마우이, 빅 아일랜드) 가운데 가장 위쪽에 위치해 있다. 영화 〈디센던트〉에서 조지 클루니가 하날레이 베이를 달리던 그곳, 영화 〈식스 데이 세븐 나잇〉에서 자주 등장했던 나팔리 코스트는 사람이 접근할 수는 없지만, 병풍처럼 주름진 수많은 산봉우리들이 짙푸른 바다와 어우러져 최고의 비경을 자랑한다. 나는 '태평양의 그랜드 캐니언'이라 불릴 정도로 경치가 아름다운 와이메아 캐니언 전망대에 올랐다. 강물이 침식해 붉은색과 녹색, 푸른색과 회색을 띠는 협곡이 아름다운 용암층을 만들어내었다. 얼

칼랄라우의 하늘과 바다에서 다시 길을 찾다

마나 비바람과 세월을 견뎌야 저렇게 고색창연한 빛깔을 안을 수 있을까.

드디어 칼랄라우 전망대에 도착했다. 나는 그곳에서 하늘과 바다가 어우러져 빚어내는 최고의 비경을 보게 되었다. 오른쪽으로는 영혼을 맑게 해준다는 나팔리 코스트의 칼랄라우 계곡이 멋진 자태를 길게 뽐내고 있었다. 앞쪽으로는 순연한 파아란 하늘이 쪽빛 바다에 비춰지고, 바다는 하늘에 닿았음에도 그들에게는 경계가 없었다. 바다와 하늘의 멋진 하모니. 하늘과 바다가 서로에게 풀려들며 빚어내는 빛깔은 투명한 하늘빛, 아득한 바다 빛 그것으로, 몽환적인 신비, 침묵의 향기, 멘델스존의 〈무언가〉를 연주하고 있었다. 자신의 존재를 모두 비워내고 상대의 영혼 속으로 들어가는 황홀경 같은, 그런 비현실적인 아름다움이었다. 내 영혼도 그 맑은 빛에 싸여 투명하게 풀려 들었으면 좋겠다. 내가 황홀경에 취해 아득해지려 할 때, 구름이 몰려와 곧 그 비경을 덮었다. 가이드는 칼랄라우 비경은 아무나 볼 수 없다고 말했다. 열 번에 한 번 볼까말까 한 경관이라고 한다. 안개와 비 때문에. 아마도 여러분은 이 세상에서 아주 많은 덕을 쌓으셨나 보다고 칭찬했다. 참, 나는 여행 날씨 복은 정말 좋아. 나 때문인 줄 알아. 으스대며 룸메이트에게 자 랑했다. 하하하. 칼랄라우 전망대에서 본 비경만으로도 오늘 카우아이 여행은 백프로 만족이다. 룰루랄라. 고 홈.

　행복한 하루였다. 인간은 누구나 행복할 권리가 있다. 행복 은 하늘처럼 바다처럼 공평하다. 조두레박 신부님은 "내가 바 라보고, 내가 생각하는 것이 문제입니다. 그래서 문제의 답은 내 안에 있습니다. 내 탓입니다"라고 말씀하셨다. 그렇지. 결 국 행복도 불행도 내 마음 안에 있는 것이다. 가끔은 산에 오르 다가도 잠시 그 자리에 멈추어 뒤돌아서서 지나온 풍경을 되돌 아보아야 한다. 그래야 지나온 길이 온전히 보이고 앞으로 나 아가야 할 길이 뚜렷이 다시 보인다. 인생에서 쉬운 길은 없다. 다만 최선을 다해 살아가려고 하고, 가능하면 단순하게 느리게 가볍게 살아가려고 노력할 뿐. 하늘처럼 비우고 비워 새털처럼 가볍게 살기. 바다처럼 내 안에 박애와 생명을 키우며 살기.
　오늘, 칼랄라우 하늘과 바다에서, 다시 나는 나의 길을 찾았다. 나는 두려워하지 않고 나의 남은 생을 혼자서 때로는 더불어 손잡고 나아갈 것이다. 내 영혼을 응시하면서, 자주 따뜻하게 격려하면서. 이렇게 여행은 지친 나에게 삶의 등대가 되어주곤 한다. 힐링과 자유를 주고 온전히 나를 만나게 해준다. 그리고 맨발로 이 땅에 설 수 있는 힘을 준다.

드디어 긴 겨울이 지나가고 봄 햇살이 살랑대며 수줍게 얼굴을 내밀고 있다. 나도 봄빛 가득한 하늘을 바라본다. 지금, 나는 소소한 일상 속에서 두 발을 단단하게 딛고 나의 길을 가고 있다.

Mahalo! 고맙습니다. 신께 감사하고 나에게 감사한다. Alo~ha!

쌍무지개 뜨는 마우이에서
진정한 친구가 되다

나는 4일 동안 오아후와 카우아이를 둘러보고 숙소로 정한 학교 기숙사에 들어갔다. 기숙사는 와이키키에 가까운 곳에 위치해 있고 교통이 좋은 편이었다. 그런데 룸 청소가 제대로 안 되어 있었다. 룸메이트는 "어차피 슬리퍼 신을 건데 그냥 지내지 뭐"라고 말했다. 순간 나는 그녀를 째려보고는 걸레를 짜서 건네주었다. "방 청소 깨끗이 해. 나는 싱크대와 화장실 청소를 할 테니."

그녀는 발로 청소를 하기 시작했다. 나는 모른 척 내버려두었다. 나도 가끔 그럴 때가 있으니. 집에서도 안 하는 화장실 청소를 하와이까지 와서 해야 하다니. 나는 그녀의 청소가 미심쩍어 나 역시 발로 다시 한번 바닥을 닦았다. 땀을 흘리며 한 바탕 청소를 하고 나니 온몸이 쑤신다. 바퀴벌레 퇴치 약을 현관과 베란다 쪽에 뿌린 후에야 침대에 누웠다.

이제 좀 살 것 같다. 침대에서 바라보는 야자수와 푸른 하늘이 상쾌했다. 룸메이트는 우리 학교에 재직하고 있는 유일한 여고 동창생이다. 무척 소중한 인연인데 그동안 가까이 지내지 못하다가 우연히 이번 하와이 여행을 함께 하게 되었다. 룸메이트와 나와는 공통점이 있다. 추위를 타는 점, 빵보다는 밥을 좋아하고 잠이 많다는 점. 여행 중에는 더위를 타는 사람과 추위를 타는 사람이 같이 룸을 쓰면 힘이 드는데 천만다행이다.

내일은 마우이를 가야 하니 종일 몸 관리하면서 쉬어야 한다. 둘 다 수면제를 먹고 수면 음악을 틀어놓고 잠을 청했다.

다음 날, 새벽 일찍 일어나 누룽지로 대충 식사를 하고, '가자 하와이'가 배정해준 셔틀버스를 타고 공항으로 출발했다. 여자의 얼굴과 가슴처럼 생긴 마우이는 순수한 자연과 현지인의 삶을 그대로 만나볼 수 있는 섬이라고 한다. 그리고 세계 최대의 휴화산 '할레아칼라'를 품고 있다.

나는 먼저 '이아오밸리 주립공원'으로 향했다. 가이드 말에 따르면, 하와이는 적도에 있어서 뱀이 없다고 한다. 대신 희귀 동식물이 많은데, 하와이 거위라 불리는 '네네'와 '은검초(실버 스워드)'가 있다고 한다. 은검초는 마치 고슴도치처럼 생겨서 뾰족뾰족 은가시가 돋아 있다. 은검초는 50년을 사는데, 죽기 직전에 단 한 번 꽃을 피운다고 한다. 은검초는 누구를 위하여 희생하고 견디다가 단 한 번 꽃을 피우고 죽어갈까. 어쩌면 희생과 견딤이 아니라, 그 스스로 열정적으로 살다가 행복의 절정에서 꽃을 피우고 스스로 소멸하는 것은 아닐까. 자연은 참으로 신비하다. '프로테아쿨라'는 가지가 잘려 꽃병에 꽂혀야 비로소 향내가 난다고 한다. 죽어야 스스로 향내를 피우는 식물. 스스로 비우고 버려야 아름다운 향내를 피울 수 있는 우리네 삶과도 닮아 있다.

'우프 물고기'는 폭포 꼭대기에서 태어나 135미터 폭포를 타고 바다로 갔다가 다시 폭포 꼭대기로 회귀하는 신비한 물고

쌍무지개 뜨는 마우이에서 진정한 친구가 되다

기라 한다. 이들은 자신들이 태어났던 곳으로 거슬러 올라가 그곳에서 알을 낳고 죽는다. 마치 연어처럼. 이들은 바위에 붙어 있다가 폭포로 올라가는데 20퍼센트는 떨어져서 죽는다고 한다. 우프 물고기는 그들의 고된 여정을 끝내고 새끼에게 자신의 모든 것을 다 내어주고 스스로 장엄하게 소멸해간다. 이렇게 인간을 포함한 모든 생물들은 새끼를 위해 자신의 모든 열정과 에너지를 아낌없이 쏟아놓는다. 그래서 모성은 위대하다.

드디어 나는 승용차로 바꾸어 타고 할레아칼라로 향했다. '태양의 집'이라 불리는 할레아칼라로 올라가는 길은 마치 지상에서 천상으로 진입하는 길과 같았다. 유칼립투스, 아베크론비, 몽키테일 팜 트리가 빼곡한 숲길을 지났다. 그곳을 지나니 초원이 연녹색으로 단장하고 풋풋한 숨결을 내뿜고 있었다. 아, 상쾌해.

할레아칼라로 오르는 길에서 나는 은검초를 보았다. 은검초는 길게 줄기가 솟아올라 잎을 떨구며 지고 있었다. 다시 고지

쌍무지개 뜨는 마우이에서 진정한 친구가 되다

행복의 투이새를 찾아서

로 올라가니 용암이 흘러내려 쌓인 잿빛 암석들과 작은 돌들로 이루어진 검은 산자락에 닿아 무한대로 펼쳐진 코발트 빛 하늘이 눈에 들어왔다. 광활한 푸른 하늘과 뭉게뭉게 떠 있는 흰 구름의 경계에 짙은 회갈색 능선이 대비되어 더욱 아름다웠다. 우주의 그림. 나는 문득 의미 없이 박정만 시인의 「종시」한 구절, "나는 사라진다. 저 광활한 우주 속으로"를 읊어보았다. 그때 문득, 투명하게 시린 푸른 하늘을 배경으로 놓여 있는 바위 하나가 내 시야에 들어왔다. 그 바위가 오래 잔상으로 남았다.

이어 칼라하쿠 전망대에 오르자 용암이 넘쳐흘러 굳어진 암석들이 넓게 퍼져 분화구를 이루고 있었다. 그때 갑자기 구름이 몰려오기 시작했다. 그래서 거대한 분화구를 측면에서밖에 보지 못해 아쉬웠다.

이곳은 새벽에 오면 수많은 별들의 잔치와 일출을 한꺼번에 볼 수 있다니 다시 한번 꼭 찾아오고 싶다. 언젠가는.

할레아칼라를 내려오면서 나는 숲속에서 몸을 누이고 쉬고 있는 '네네'를 보았다. 마치 기러기처럼 생겼다. 네네를 볼 수 있는 것도 큰 행운이라고 가이드는 말했다.

갑자기 비가 한두 방울씩 내리기 시작하더니 다시 어느덧 개어 있었다. 그때 와아! 쌍무지개! 쌍무지개가 떴다. 평생 처음 보는 쌍무지개. 이편 무지개에는 안쪽에서 빨강이 수줍은 듯, 저편 무지개에는 바깥쪽에서 빨강이 자태를 뽐내고 있었다. 마우이의 쌍무지개는 어렸을 적 읽었던 『쌍무지개 뜨는 언덕』을 연상시켰다. 영원히 잊지 못할 것 같다.

다음 날, 느긋하게 일어나 침대에서 뒹굴다가 룸메이트를 위해 와이키키로 향했다. 룸메이트는 바다를 보는 것이 좋다고 했다. 다시 찾은 할레쿨라니 호텔. 이 호텔에서는 바다가 잘 보인다. 푸르른 수평선이 길게 보이는 곳에 자리를 잡고 립아이와 로코모코를 주문했다.

바다를 보며 룸메이트는 자신의 지나온 삶에 대해 담담하게 이야기했다. 그녀에게는 딸이 있는데 단 한 번도 도시락을 싸준 적이 없다고 한다. 그럼 누가 쌌어? 나는 놀라 눈이 동그래졌다. 친정엄마가 싸주셨어. 그녀의 말을 들으니, 그녀는 부모 복이 엄청 많았던 것 같다. 친정엄마가 돌아가실 때까지 은행을 가본 적이 없단다. 그런데도 그녀의 딸은 이 세상에서 자기 엄마가 최고 훌륭하다고 생각한단다. 그래서 항상 최고로 대접해준다고 한다. 나도 부모 복은 적지 않다고 생각해왔지만, 참…… 그저 할 말을 잃었다.

나는 명절이면 이틀 전부터 시댁에 가서 일하고 명절 다음다음날 친정에 가곤 했다. 어느 날 시댁에서 일하고 온 뒤 친정에서 설거지하는 나를 보더니, 아들이 "엄마는 박복해"라고 말해서 한바탕 웃었던 기억이 난다. 철없어 보이는 아들도 고모에게 "이 세상에 우리 엄마 같은 사람 없어요"라고 했다니 조금 위안은 된다.

룸메이트는 결혼 초기 남편의 사업자금을 대어달라고 친정집 처마 밑에서 몇 시간 동안 비를 맞으며 서 있었다고 했다. 순간 나는 그녀를 따뜻하게 보듬어주고 싶어졌다. 남편에 대한 그녀의 맹목적인 사랑이 예뻤고, 그녀의 철없음에 웃음이 나왔다.

누구에게나 지나온 자신의 삶에는 아픔과 상처가 있기 마련이다. 그녀는 지금 행복하다고 했다. 여행 와서 수면제를 먹어서 잠도 잘 자고 먹기도 잘 한다고. 그동안 여행 가면 잠을 잘 자지 못해 여행이 즐겁지 않았는데, 이제는 여행을 잘 할 수 있겠다고 신나 했다. 그녀는 정말 과일을 엄청 잘 먹었다. 바나나, 파인애플, 파파야, 망고를 순식간에 해치웠다. 건강이 약한 그녀를 걱정했는데 오히려 내가 더 비실거렸다.

여행을 떠나기 전, 그녀는 나에게 툴툴거렸다. 메일로 보내준 항공권과 일정표를 인쇄하라고 했더니, 이렇게 복잡한 여행은 처음이라고 말했다. 나는 어이가 없었다. 내가 처음부터 끝까지 학교와 여행사에 전화해서 일정을 짜고 모든 서류를 구비하고 했는데. 나도 기분이 상해, 넌 뭘 했는데? 하고 되물었다. 그리고 그녀와 여행하기로 한 것을 후회하기 시작했다. 은근히 그녀가 여행을 포기해주기를 기다렸다. 그러나 그녀는 끝내 여행을 포기하지는 않았다.

여행 떠나기 전에 툴툴거렸던 그녀가 고맙다고, 일정 짜느라 수고했다고, 백 프로 이상 만족한다고 칭찬해주었다. 나도 그래? 잘 되었네, 하고 웃어주었다. 정말 다행이다. 서로 공감의 폭이 넓어졌나 보다.

어느새 귀여운 참새 세 마리가 날아와 테이블 위의 빵과 과자를 쪼아 먹고 있었다. 하와이에는 참새가 많다더니 레스토랑에 정말 참새가 많았다. 먹이가 많아서일까. 나는 참새가 사랑스러워 쫓아내지 않고 계속 먹도록 그냥 두었다. 짹짹거리는 참새 소리, 파도 소리, 햇살에 반사되어 빛나는 은빛 물결. 그

쌍무지개 뜨는 마우이에서 진정한 친구가 되다

래 참새도 행복해야지. 나도 이 순간 행복해야지. 그녀도 행복
해야지. 우리 모두 행복해야지. 이 순간이 가장 소중하잖아. 복
잡한 생각은 내려놓고 단순하게 살기. 언제 보아도 좋은 바다
와 작별하고 호텔을 나섰다.

저녁에는 그녀가 생전 처음 만들었다는 멸치볶음, 오징어볶
음과 김, 김치, 햇반으로 식사를 했다. 이거 왜 만들어 왔어?
힘들게. 네가 김치 가지고 온다고 해서 만들어봤어. 나는 생전

처음으로 멸치볶음을 만들었다는 그녀의 말을 듣고 깔깔 웃었다. 생각보다 잘 만들었는데? 그녀도 나름 이 여행을 위해 애썼나 보다.

그녀는 말했다. 우리 집도 가까우니 일주일에 한 번 만나서 같이 걸을래? 그러자, 하고 나는 선뜻 말했다. 그녀가 나에게 손을 내밀었다. 나도 그녀의 여윈 손을 맞잡아주었다.

며칠 전, 껍질째 먹는 사과를 딱지가 붙은 채 씻어 와서 내가 말했다. 아니 이거 본드 묻었는데 안 떼면 어떡해? 그녀는 무서워! 하고 말했다. 뭐가 무서워? 나 이런 야단 처음 들어. 아! 맙소사. 나는 그만 입을 다물어버렸다. 그랬던 그녀가 지금, 자기는 덕분에 행복하다고, 고맙다고 인사를 했다. 나는 그녀의 순한 눈망울을 보며 미소 지었다.

그렇다. 가족관계에서든 친구관계에서든 희생과 배려 없이는 좋은 관계를 유지하기 어렵다. 나아가 꽃을 가꾸듯이 성실하게 서로에게 사랑과 관심의 물을 주어야 한다. 그래, 그동안은 소원하게 지냈지만 우리도 좋은 친구가 되자.

내일 빅아일랜드에서는 분명 녹색 바다거북이와 노란 물고기 '후무후무누쿠누쿠아푸아아'를 보게 되리라. 마우이에서 쌍무지개를 보았듯이. 왜? 나는 럭키하니까.

　잘 자, 친구.

코히마르 어촌마을에서
『노인과 바다』를 만나다

        평생 바다 위에서 살아온 산티아고의 눈은 어느덧 바다를 닮고 있었다. 헤밍웨이의 『노인과 바다』에서 산티아고의 두 눈은 "바다와 같은 빛이었고, 명랑한 듯했으며 패배를 거부하는 눈빛"이라고 묘사되어 있다. "명랑한 듯했으며 패배를 거부하는 눈빛"이란 어떤 눈빛일까. 그런 눈빛을 닮은 바다는 어떤 색을 품고 있을까. 헤밍웨이가 사랑한 코히마르 어촌은 어떤 곳일까. 헤밍웨이는 왜 그토록 쿠바를 사랑했을까. 헤밍웨이는 카리브해를 보며 무슨 생각들을 했을까. 이 질문에 대한 답을 찾기 위해 나는 2014년 쿠바로 가는 긴 여정에 올랐다.

서울에서 쿠바로 가는 길은 멀고 또 멀었다. 크루즈를 타기 위해 디트로이트에서 환승하여 포트로더데일로 가야하는데, 비행기가 연착한 데다가 검색대에서 온갖 해프닝이 벌어졌던 것이다. 또 여행사가 환승 시간을 짧게 잡아 결국 나는 난생처음 비행기를 놓쳤다. 우여곡절 끝에 크루즈를 타고 마이애미와 키웨스트와 멕시코의 코즈멜섬을 거쳐 쿠바 아바나에 도착할 수 있었다. 왜냐하면 쿠바와 미국이 2015년 국교정상화가 되어 지금은 쿠바에 바로 갈 수 있게 되었지만, 내가 여행 갔던 2014년에는 쿠바와 미국의 국교가 단절되어 아바나가 지척인데도 바로 갈 수가 없었기 때문이었다.

드디어 쿠바의 호세 마르티 국제공항에 도착했다. 쿠바의 영웅이며 시인인 호세 마르티의 이름을 가져와 국가를 대표하는 공항에 별을 달았다. 쿠바인들의 영혼 속에 각인된 이름. 호세 마르티. 그는 쿠바를 상징하는 별로서 존재한다. 이 별은 평등과 사랑과 신념과 자유와 혁명의 별이었으나 고뇌의 별이기도 하였다. 그래서 호세 마르티는 "모든 사람이 자신의 사유에 서명하는 것은 반드시 필요합니다. 그 사유와 서명이 곧 사상이며 그 자신입니다. 익명은 하나의 생각에 불과합니다."라고 하였다. 그는 이상을 실천할 힘이 없으면 그것은 무용한 사상일 뿐임을 자신과 쿠바인에게 끊임없이 일깨웠다. 스페인으로부터 조국의 독립을 위해 투쟁하다가 스페인 군대의 기습으로 전사한 위대한 시인이며 혁명가였던 호세 마르티. 그의 별을 따라 피델 카스트로와 체 게바라가 미국의 지원을 받는 바티스타 정권을 무너뜨리고 혁명을 완수함으로써 호세 마르티의 꿈을 완수했다.

공항 곳곳에 보이는 호세 마르티의 초상과 피델이 달아주었다는 체 게바라의 베레모에 달린 별을 보며 나는 가슴이 울컥해지곤 한다. 그들은 누구를 위하여 자신을 희생한 것일까. 조국의 독립과 평등과 자유, 그리고 모든 인류를 위하여 그들은 자신을 기꺼이 희생했다. "우리 모두의 조국인 인류"라는 호세 마르티의 표현은 얼마나 숭고하고 평등하면서도 따뜻한 인간애일까. 그래서 쿠바인들은 직업의 높낮이가 없고 인종 차별도 없고 누구나 함께 공유하면서 쾌활하게 살아가는 것이리라.

호세 마르티의 별을 쫓아 쿠바는 백성을 대학까지 무상으로 교육시키고, 병원도 무상으로 이용하게 하고, 기본적인 식재료를 무상으로 공급한다니, 작지만 얼마나 대단한 나라인가. 그래서 가난하지만 비굴하지 않고 평등하게 나누며 연대하고 공유하는 삶을 그들은 살고 있는 것이다. 직업을 서열화하고 빈부의 격차가 극대화되고 경쟁이 치열한 한국 사회는 앞으로 어떤 방향으로 나아가야 할까. 국민을 자신들의 이익에 따라 억압하고 휘둘러대는 정치인들에게 진정한 진보가 무엇인지 생각해보라고 소리치고 싶다. 우리도 인천국제공항의 이름을 세종대왕 국제공항으로 바꾸어야 하지 않을까. 백성을 진정으로 사랑하고 실천한 성군을 기리기 위하여. 그리고 정치인들은 세종대왕의 별을 쫓아가야 하지 않을까.

공항을 나서자 우리를 태운 버스는 말레콘 해안선을 따라 움직이기 시작했다. 8킬로미터로 뻗어 있는 시멘트 방파제 너머 대서양의 짙푸른 바다가 넘실대고 있었다. 거리의 악사들과 사랑하는 연인들. 무심히 마냥 바다를 바라보고 있는 젊은이들의 실루엣이 매력적으로 다가왔다. 때마침 바다는 노을로 붉게 물들고 있었다. 언제나 노을은 우리를 현실에서 환상 속으로 또

아바나 대성당과 광장

코히마르 어촌마을에서 『노인과 바다』를 만나다

는 그리움 속으로 불러들인다. 환상이나 그리움이 없다면 삶은 얼마나 삭막할까. 바다 위로 떨어지는 해를 보며 내 묘비명을 생각해본다. 죽음이 있으므로 삶은 살아야 할 가치가 있다. 나는 한 마리 작은 제비갈매기가 되어 비상을 꿈꾼다. 작은 제비갈매기는 먹이를 얻지 못하더라도 자유를 향하여 있는 힘껏 날갯짓을 할 것이다.

드디어 나는 혁명광장에 도착하였다. 혁명광장은 호세 마르티의 탄생 100주년을 기념해 조성한 광장으로 축구장의 네 배에 달한다고 한다. 그곳에는 호세 마르티 기념탑과 호세 마르티의 사색적인 조형물이 세워져 있었다. 맞은편에는 체 게바라와 카밀로 시엔푸에고스의 얼굴이 선형 조형물로 조성되어 있다. 텅 빈 공터에 가득한 외침들, "Hasta la Victoria Siempre! 언제나 승리의 그날까지", "Vas Bien Fidel, 피델 잘 하고 있어"라는 문구들이 광장의 양쪽에 세워져 있다.

타자의 삶을 나의 삶으로 치환해서 열정적으로 살아갔던 아름다운 얼굴들을 보며 공존과 연대를 생각한다. 어쩌면 쿠바인들은 이들 영웅들의 모습 속에서 타인을 가르치기보다는 자신을 다스리는 법을 배우면서 공존하는 법을 터득해간 것이 아닐까.

문득 대학 때 잠시 친구 따라 들어갔던 동아리 친구들이 생각난다. 박정희 군부독재 시절 데모하다가 모두 제적당한 그들의 삶을 생각하면 숙연해진다. 그들은 누구를 위하여 자신들의 삶을 희생한 것일까. 당시 그들의 대부로 칭해지던 운동권 인사는 지금 정치권에서 막강한 권력을 휘두르고 있다. 그 친구들은 그를 보며 잘 하고 있다고 박수를 보내고 있을까. 아니면 부패한 진보라고 질타하면서 자유를 위해 저항했던 자신의 삶을 비관하고 있을까.

『리슨 투 양키』『페다고지』 등의 금서들을 읽으며 격렬하게 토론하고 흥분하던 순수한 눈망울들을 나는 아직도 잊지 못한다. 왜냐하면 우리는 모두 자유를 위해 힘껏 투쟁했던 그들에게 어떤 방식으로든 마음의 빚을 졌기 때문일 것이다. 조국의 독립을 위해 자신을 희생했던 선조들, 군부독재에 대항해 싸웠던 청년들, 민중들, 만약 그들의 고귀한 희생이 없었다면, 우리는 아직도 억압받는 삶에서 헤어나오지 못하고 더욱 고통스런

헌책 수레가 있는 거리

코히마르 어촌마을에서 『노인과 바다』를 만나다

아바나의 명물 올드카(위), 코코택시(아래)

삶을 살아야 했을 것이다.

혁명광장에서 벗어나니 빨강, 파랑, 노랑, 초록의 올드카들이 거리를 신나게 질주하고 있다. 어떻게 저런 차들이 달릴 수 있는 걸까. 가이드에게 물으니 이 차들은 50년대에 생산된 미국 자동차들로 쿠바 혁명 이후 미국과 국교가 단절되면서 미국인들이 놓고 간 차들이라고 한다. 미국의 쿠바에 대한 경제 봉쇄 정책 때문에 새 차들을 들여올 수 없었던 쿠바인들은 낡은 올드카들과 어떻게든 교감하면서 고치고 고쳐 부속품을 재활용하여 지금의 골동품 차로 탄생시켰다고 한다. 따라서 쿠바의 자동차 정비공들은 최고의 자동차 기술을 가지고 있다고 한다. 덕분에 이들 골동품 차들은 관광산업에 큰 몫을 차지한다고 한다. 모양도 다양한 이들 올드카의 운전기사들을 보면 그들은 하나같이 유쾌한 웃음을 띠고 있다.

도시의 건물들은 색이 바래 낡고 허름한데, 거리 곳곳에는 명랑한 웃음소리가 가득했으며 아프로쿠바노의 노랫소리가 먼지 속을 가로지르고 있었다. 노랗고 빨간 드레스를 입고 커다란 꽃바구니를 옆에 낀 채 큰 엉덩이와 풍만한 가슴을 흔들

며 사진 모델을 하는 여인들은 관광객들과 허그를 하며 깔깔
거린다. 골목골목은 살사춤을 배우는 아이들과 매혹적으로
엉덩이를 흔들며 살사춤을 추는 젊은 남녀들로 북적이고 있
었다.

다음날 나는 『노인과 바다』의 배경이 된 코히마르(Cojimar)
해변마을에 당도했다. 그곳에는 대서양의 짙푸른 코발트빛 바
다를 끼고 낮은 벽이 둘러져 있었으며 위쪽으로는 요새와 등대
역할을 했다는 모로성이 자리하고 있었다. 바닷가에는 잎들이
무성한 한 그루 큰 나무가 서 있었고, 노란색, 초록색, 주황색
벽으로 연이어진 허름한 집들이 안온하고 조용하게 나를 맞이
하고 있었다.

헤밍웨이가 1928년부터 1959년까지 쿠바에서 머물며 이곳
에서 낚시를 즐겼다는 어촌마을. 왠지 우리나라의 60~70년대
를 연상시키는 정겨운 어촌마을 풍경이랄까. 그 길을 따라 올
라가니 도리아 양식의 원형으로 만들어진 흰 돌기둥들에 둘러
싸인 채 헤밍웨이의 기념비와 흉상이 외롭게 푸른 하늘 속에
잠긴 채 바다를 향해 있었다.

작은 계단 앞에는 밀짚모자를 쓴 채 알록달록한 머플러를 하고 기타 치는 쿠바 아저씨가 있었다. 그의 앞에는 낡은 동전통이 놓여 있었다. 그리고 분홍 샌들, 하늘색 반바지, 흰 티 위에 빨간 스웨터를 입고 수줍은 듯 나를 따라오는 소녀 하나. 펌킨 머리에 까무잡잡한 피부, 쌍꺼풀 진 동그란 눈을 가진 소녀. 내가 헤밍웨이의 흉상을 배경으로 소녀에게 사진 한 장 찍자고 했더니 손을 내민다. 당황한 나는 얼른 손에 집히는 대로 원 달러 지폐를 손에 쥐여주고 기념사진을 한 장 박았다. 여기에도 자본주의의 물결이 어느새 밀려왔나 보다. 지금 생각하니 텐 달러쯤 주고 올걸…… 후회가 된다. 바닷가에 서 있는 무너진 성곽과 푸른 바다 위에 뉘어져 있는 하늘색 긴 방죽. 그 위에서 두 청년이 짙푸른 바다를 하염없이 바라보고 있었다. 그들은 무엇을 꿈꾸고 있는 것일까. 파도는 그들의 꿈을 실어 현실세계로 가져다줄까. 파도가 일으키는 파문은 쿠바를 그들이 원하는 이상세계로 데려다줄까. 문득 궁금해진다.

　나는 다시 헤밍웨이의 흉상 앞으로 돌아가 헤밍웨이의 얼굴을 다시 세세히 들여다보았다. 이 흉상은 헤밍웨이가 미국에서 권총으로 자살한 후 쿠바인들이 그를 기념하여 만들었다고 한다. 『노인과 바다』의 영화 속에는 헤밍웨이의 흉상은 없는데, 헤밍웨이는 이승을 떠나서야 비로소 그가 사랑했던 코히마르로 돌아와 검고 짙푸른 바다를 보고 있는 것이다. 영화 속의 장소들을 따라 걸으며 나는 산티아고가 되어보기도 하고 소년 마놀린이 되어 울기도 한다. 산티아고의 실제 모델인 그레고리오 푸엔테스도 영화 속의 한 장면으로 남아 있을 뿐, 이제 그도 이승을 떠나 사랑하는 헤밍웨이와 모히토를 즐기고 있을 것이다.

헤밍웨이는 1939년 11월 폴린 파이퍼와 별거하고 쿠바 아바나 교외에 저택을 구입한다. '전망 좋은 농장'이라는 뜻의 '핑카 비히아'로 명명하고 이주하여 1940년 마사 겔혼과 세 번째로 결혼한다. 1940년 10월 『누구를 위하여 종은 울리나』를 출간하기도 하고, 1943년 신문 및 잡지 특파원으로 유럽 전쟁 취재를 시작한다.

헤밍웨이는 죽음을 의식하면서 사는 삶을 좋아했다고 한다. 그는 "인간이 갖는 소중한 가치는 기꺼이 위험을 감수하는 것이다"라고 말하며 직접 체험하지 못하는 삶은 진정한 삶이 아

『노인과 바다』의 배경이 된 코히마르 어촌마을.
가운데 헤밍웨이의 기념비와 흉상, 오른쪽 모로성.

코히마르 어촌마을에서 『노인과 바다』를 만나다

니며, 특히 작가는 사회현실 속에 뿌리를 내려야 한다고 생각했다. 헤밍웨이가 투우를 좋아했던 이유도 삶과 죽음을 동시에 체험할 수 있었기 때문이라고 한다. 그는 그리스 터키 전쟁에도 참여하였으며 파시즘에 저항하여 스페인 내전에도 참여하였다.

유럽 전쟁 취재를 위해 특파원으로 가서 『타임』지 특파원 메리 웰시를 만나 1946년 네 번째로 결혼한 뒤 아바나로 돌아와 수렵과 낚시를 즐겼다고 한다. 그러나 마사 겔혼과의 불행한 결혼생활의 후유증은 건강 악화를 가져왔고, 각종 질병에 시달리면서 치열한 작가정신으로 이를 극복하고자 쓴 작품이 『노인과 바다』라고 한다.

이 작품에서 산티아고는 거대한 청새치(말린)를 잡지만 상어 떼의 습격을 받아 살은 다 뜯기고 뼈만 앙상히 남긴 채 집으로 돌아오게 된다. 그럼에도 불구하고 "파괴당할 수는 있을지언정 패배를 모르는" 산티아고는 사자의 꿈을 꾸며 잠이 든다.

이 작품에서 헤밍웨이는 인간과 자연, 노인과 소년, 노인과 바다, 노인과 야구선수, 사자, 바다의 생물들과의 교감과 조화를 드러내고 있다. 특히 소년과의 관계를 통하여 작가는 인간이 지닐 수 있는 우애 정신의 극한점을 그리고 있다. 소년은 산티아고를 절대적으로 믿어주는 인물로서 산티아고에게 음식을 가져다주고 위로와 용기를 준다. 그래서 산티아고는 상어 떼와의 외로운 사투에서도 끊임없이 소년을 그리워한다.

노인은 저녁에 바닷가로 몰려 내려와 평화롭게 놀고 있는 어린 사자들을 그리워하기도 하고 꿈꾼다. 이는 '힘과 순결과 평화'를 갈망하는 노인의 내면세계를 보여준다. 그리고 바다, 별, 해, 달을 인간과 대등하게 보고 그의 형제라고 간주한다. 심지어 자신이 죽여야 할 대어에 대해서도 자기와 동등자 또는 형제로서의 존경과 사랑을 느낀다.

노인의 손바닥에 남은 상처 자리는 그의 고투를 상징적으로 보여주는 표상이지만, 사자의 꿈을 꾸며 고이 잠드는 마지막 대목에서는 그가 이 고통을 이겨낸 승리자임을 보여준다. 또한 이 작품에는 인간의 육체는 모두 파멸되어 죽어간다는 사실과 생물은 자기가 살기 위해서는 다른 생물을 죽일 수밖에 없다는 사실을 긍정하는 헤밍웨이 세계관이 드러나고 있으며, 그러나 인간은 패배할 수 없다는 강인한 긍정 정신이 내재해 있다.

그럼에도 불구하고 『노인과 바다』(1952)에서 헤밍웨이가 보여주었던 이러한 불패정신은 헤밍웨이가 자살이라는 극단적 선택으로 생을 마감함으로써 안타까움과 함께 아이러니를 유발시킨다. 1954년 두 번의 비행기 사고와 들불로 중상을 입은 헤밍웨이는 점차 정신이 피폐해져 우울증에 시달렸으며 폭음을 일삼았다. 1959년 쿠바 혁명 이후 더 이상 쿠바에 머무를 수 없게 된 헤밍웨이는 미국으로 돌아와 아이다호 케첨에 정착하였으나 과대망상과 글을 쓰지 못한다는 자책감과 우울증은 더욱 심각해졌다고 한다. 1961년 7월 21일 새벽, 헤밍웨이는 장총을 입에 물고 발사함으로써 최후를 마감한다.

헤밍웨이는 왜 자살할 수밖에 없었을까? 쿠바 국민을 착취하는 바티스타 정권을 상대로 저항했던 헤밍웨이는 과다한 세금 징수로 고통 받았으며 쿠바 혁명 이후 미국으로 추방되고 미국 FBI 감시하에 지냈다고 전해진다. 쿠바인을 무척 좋아했던 헤밍웨이에게 쿠바인도 그를 애칭 'PaPa'로 불러주었으나

1961년 'Bay of Pigs' 침공이 실패하면서 다시는 쿠바로 돌아갈 수 없게 된다.

헤밍웨이는 죽을 때까지 쿠바를 몹시 그리워했다고 한다. "홀로 된 남자는 기회가 없다"고 외치며 진실한 사랑을 찾아 생을 마감한 것일까? 그리도 못 잊어하던 첫째 부인 해들리에게로 돌아간 것일까? 아니면 진정한 어머니의 사랑을 갈망하며 죽음을 선택한 것일까?

헤밍웨이의 어머니는 헤밍웨이가 어렸을 때 여장을 시켰으며 신경질적이어서 헤밍웨이와 불화가 잦았다고 전해진다. 나중에는 남편이 자살한 권총을 헤밍웨이에게 주기까지 했다고 한다. 아버지의 죽음의 원인을 어머니 탓이라고 생각했던 헤밍웨이는 어머니를 미워했다고 전해진다. 어머니의 사랑을 제대로 받지 못한 그에게 어쩌면 진실한 사랑은 최고의 덕목이 아니었을까? 그 사랑을 찾아 헤밍웨이는 그리도 떠돌아다녔을까. 짙푸른 망망대해를 바라보며 나는 위대한 작가의 마지막 하늘을 바라본다.

헤밍웨이는 왜 쿠바를 그토록 사랑했을까? 어쩌면『노인과 바다』에서 산티아고가 보여주었던 연대의식과 공존, 희망과 도전과 자유에 대한 갈망이 쿠바인의 마음과 닿아 있었던 것이 아닐까. 호세 마르티와 체 게바라가 쿠바인에게 심어준 신념과 희망과 생명에 대한 긍정 정신과 도전 정신이 헤밍웨이에게 닿아 있었던 것은 아닐까.

그래서 산티아고는 "행운의 날은 바로 오늘이고, 매일매일이 새로운 날의 시작이고, 행운은 그냥 앉아서 기다리는 것이 아닌 언제 찾아올지 모를 행운을 위해 만반의 준비를 해두어야 한다"고 다짐하는 것이다. 그리고 정말 행운은 찾아왔고 배보다 커다란 말린을 잡게 된다. 그러나 상어 떼의 습격으로 산티아고는 말린의 뼈만 가지고 돌아오게 된다. 그러나 산티아고는 절망하지 않는다. "아무것도 아니다. 그저 멀리 바다에 나갔을 뿐이다"라고 스스로 위로한다.

헤밍웨이는 인간을 자연의 일부로 보았으며 인간은 사자처럼 용기와 존엄성을 가지고 있어야 하며 연대의식과 공동체의식을 가져야 한다고 강조하였다. 그래서 어쩌면 작중인물 산티아고의 이름 역시 성경의 인물 '야고보'도 상징하지만, 자유와 혁명정신을 상징하는 지명 '산티아고 데 쿠바'에서 가져온 것은 아닐까. 인간의 극복 의지를 대표하는 인물 산티아고는 바로 헤밍웨이 자신의 극복 정신과 일맥상통하는 것이리라.

"어두운 밤이 지나면 언제나 밝은 태양이 떠오른다", "인생은 절망의 연속이다. 하지만 인생은 아름답다", "사람은 신념과 함께 젊어지고 절망과 함께 늙어간다"고 말했던 헤밍웨이.

날마다 연필 열 자루를 썼다던 헤밍웨이의 바다는 여전히 짙푸른 채로 코히마르를 품고 있다. 세월이 흘러도 해와 달과 별과 고기들을 품고 있다. 그리고 아직도 산티아고는 그들과 대화하며 오늘도 사자꿈을 꾼다.

산티아고의 후예인 청년들도 헤밍웨이의 바다를 보며 사자꿈을 꾸며 행복했으면 좋겠다. 산티아고의 눈빛을 닮은 헤밍웨이의 바다를 위하여, 건배. 산티아고의 눈동자에 건배.

코히마르 어촌마을에서 『노인과 바다』를 만나다

'독 짓는 늙은이'의
마음을 읽다

두물머리를 지나, 서종, 그곳에 가면 '황순원 소나기 마을'이 있다. 선생님의 영혼이 깃들어 있는 가을 하늘이 무연히 맑다. 노랗고 빠알간 단풍잎 사이로 가을 햇살이 그리움처럼 스며든다. 가을 햇살 가득히 받으며, 2000년 9월 14일, 선생님께서는 영면하셨다. 단정학처럼 훨훨 이승의 강을 건너 하늘나라로 떠나셨다. 돌아가신 선생님을 그리워하시다가 2014년 9월 5일, 양정길 여사께서도 선생님 옆에 고이 잠드셨다.

몇 해 전 사모님께서 선생님 추도식에 참석하신 후 당신도 한마디만 하게 해달라고 요청하셨다. 그 자리에서 사모님께서는 당신은 황순원의 아내가 되어 너무나 영광스럽고 자랑스럽고 행복하다고 하시며, 황순원 문학을 사랑해주시고 황순원 문학관을 만들어주신 여러분께 정말 감사하다고 기꺼워하셨다. 선생님과 사모님은 평양에서 문예반 반장으로 만나 사랑하게 되었다고 하셨다. 당시 사모님은 큰 과수원집 딸로서, 처음에는 집안에서 몸이 약하고 창씨개명도 하지 않은 선생님과의 결혼을 반대하셨다고 한다. 당시 일제강점기에 상당수 지식인들은 서민들보다도 앞서서 창씨개명과 친일을 일삼았던 것이다.

그럼에도 불구하고 선생님은 일제의 폭압적인 억압 속에서 언제 빛을 볼지 모르는 작품들을 순한글로 몰래 써서 사과 궤짝에 감추어두었다가 해방 후에 간행하게 되는데 이것이 단편집 『기러기』이다. 이 시기에 쓰여진 작품들로 「별」「그늘」「머리」「독 짓는 늙은이」「눈」 등을 들 수 있다. 단편 「눈」의 "스러져가는 질화로의 잿불을 돋우어가며 나는 이 고향 사람들과의 이야기 속에서 아직 내 몸 어느 깊이에 그냥 남아 있는 농사꾼으로서의 할아버지와 반농사꾼으로서의 아버지의 호흡을 찾고, 그 속에서 고향 사람들과 나 자신의 생명을 바라보며 고개

숙이는 것이었다"라는 구절에서 볼 수 있듯이, 선생님은 밀폐되고 절박한 현실의 어둠 속에서도 민족혼을 추구하면서 해방의 그날이 오기까지, "어떻게든 이 겨울을 무사히 나야 한다"고 다짐하며 명멸하는 생명의 불씨를 일구었던 것이다. 이렇게 문학에 대한 열정과 투지 그리고 우리 글을 지켜야 한다는 선생님의 민족의식이 그를 일제하의 질곡 속에서도 친일하지 않고 그 자신을 지켜 나아가게 했던 디딤목이었으리라 본다.

일제하의 막바지를 살아가며, 그 어둠의 시기를 극복하려 했던 선생님의 고독한 내면세계와 결연한 의지는 단편「독 짓는 늙은이」에서도 발견할 수 있다. 가난이 두려워 아들을 버리고 조수와 함께 도망간 아내에 대한 분노와 함께 이제 더 이상 병들어 아들을 돌볼 수 없어 아들을 양자로 보낸 절망감 속에서, 송 영감은 자신의 독 가마 안으로 기어 들어간다.

"마지막으로 남은 생명이 발산하는 듯 어둑한 속에서도 이상스레 빛나는 송 영감의 눈은 무엇을 찾고 있는 것이었다."라는 구절을 되새겨 본다. 송 영감은 무엇을 찾고 있는 것일까. "그러다가 열어젖힌 곁창으로 새어 들어오는 늦가을 맑은 햇

'독 짓는 늙은이'의 마음을 읽다

빛 속에서” 송 영감은 기던 걸음을 멈추었다. “자기가 찾던 것이 예 있다는 듯이.” 터져나간 자신의 독 조각들 앞에서 조용히 몸을 일으켜 “단정히, 아주 단정히” 무릎을 꿇는 송 영감의 모습은 암울하고 절박한 일제하의 상황 속에서나마 언젠가 ‘늦가을 맑은 햇빛’처럼 스며들어올 해방의 그날을 기원하며, 자신의 생명을 태워 경건하게 조국을 위해, 죽음으로써 저항하려는 작가의 모습으로 비유될 수 있다. “그 자신이 터져나간 자기의 독 대신이라도 하려는 것처럼” 무릎을 꿇고 앉아 죽음에 임하는 송 영감의 모습은 죽음에 순응하는 것이 아니라, 오히려 온 몸으로써, 온 생명으로써 터져나간 독을 대신하고자 한 것으로서, 이는 그만큼의 강한 독에 대한 애정인 것이라 볼 수 있다. 송 영감은 죽음을 통해 현실에 패배하고 순응해버린 것이 아니라 오히려 현실을 정면으로 대결하려 했고 극복하려 했던 것이다. 송 영감의 죽음은 모든 것을 파괴시키는 황폐한 현실에 대한 도전이며 저항인 것으로서 이를 극복하려는 결연한 의지의 역설적 표현인 것이다.

1944년, 가을에 씌어진 이 작품에는 ‘독짓는 늙은이’의 장인

정신뿐만 아니라 작가 황순원의 일제에 대한 저항정신과 민족정신이 반영되어 있으며, 죽음으로써 온 생명을 태우며 조국의 광복을 기구하려는 작가의 내적 절규와 정신적 자세가 반영되어 있음에 주목해야 한다고 본다. 이 점에서 우리들 각자가 '독 짓는 늙은이'의 마음을, 시대를 거슬러서 또 현재의 지점에서 반추하며 다시 읽어야 하지 않을까.

쿠바 음악과 혁명의 아이콘
체 게바라를 만나다

쿠바. 쿠바는 나에게 최윤의 소설 『회색 눈사람』을 상기시킨다. 70년대, 온통 하늘이 회색빛으로 덮여 숨 쉬기조차 답답했던 대학 시절. 때로는 그리움으로 때로는 자책으로 때로는 궁금증으로 내 마음속 저편에 묻혀 있던 추억의 갈피를 쿠바는 어느 기억의 한 귀퉁이에서 살금살금 끄집어 내어놓는 것이다. 사학과와 사회학이 전공이었던 친구들. 페다고지, 리슨 투 양키 등의 금서들을 읽으며 흥분하고 끝없이 토론했던 그들의 모습. 야학 또는 위장 취업을 하면서 민주화운동에 젊은 혈기와 순정을 바쳤던 그들은 어느 날 학교에서 제적당하고 사라져버렸다. 그들 중 한 명은 미국으로 이민

갔다가 다시 돌아왔는데 광신적으로 보일 정도로 기독교에 빠져 있었다. 나머지 친구들은 어떻게 살아가는지. 누가 그들의 전도 창창한 삶을 이리도 일그러뜨렸는지. 그의 웃음 뒤에 숨겨져 있는 슬픔을 바라보며 나는 분노와 자책감과 공포를 느껴야만 했다. 권력과 독재의 폭력성이 가져다주는 공포. 그 공포에 맞서며 자신들을 투신한 그들의 용기 앞에서 나는 부끄러움을 느낄 수밖에 없었다. 그들의 희생이 있었기에 우리들은 오늘 이만큼의 자유를 누리는 것이 아닌가. 자신의 나라도 아닌 타국에서 의사라는 안락한 지위를 버리고 자기가 옳다고 믿는 신념 앞에서 누구보다도 순정했으며 이를 지키기 위해 자신에게 엄격했던 혁명가 체 게바라. 체 게바라에 대한 동경은 이렇게 지구 반대편으로 나를 걷잡을 수 없는 마력으로 끌어당기고 있었다.

나의 여정은 미국 키웨스트와 멕시코 코쥬멜을 거쳐 다시 쿠바 아바나로 향하고 있었다. 왜냐하면 미국과 공산주의 국가인 쿠바가 수교가 되지 않아서 멕시코를 거쳐 쿠바로 들어와야만 했던 것이다. 쿠바는 15세기에 콜럼부스가 들어온 이후 19세기까지 스페인의 식민지로 있었다. 그래서일까. 아바나의 시내에는 알록달록한 색을 칠한 낡은 건물들과 흰 건물 등 유럽풍 건물들이 쓰러질 듯 서로 어깨를 기대고 있었다.

처음 우리가 향한 곳은 카페 암보스 문도스(Ambos Mundos). 헤밍웨이가 자주 드나들면서 모히토를 즐겨 마셨다는 호텔이다. 스카이 라운지는 관광객들의 웃음소리와 쿠바 음악으로 잔뜩 들떠 있었다. 모히토를 시켜놓고 헤밍웨이가 음미했던 맛을 새삼 조심스럽게 음미해본다. 럼을 베이스로 설탕과 라임 혹은 레몬을 넣고 민트를 넣어 상큼한 향과 깔끔한 맛을 살렸다. 아, 박하향이 난다. 전망대에서 보는 아바나는 스페인이나 동유럽에서 볼 수 있는 빨간색 지붕들이 눈에 띄었고 허름한 분홍색 건물에는 초록빛 천사와 사자상들이 조각되어 있어 이채로웠다. 그리고 저 멀리 아스라이 바다의 수평선이 가로놓여 있었다.

사회주의를 지향하던 쿠바가 미국과 최근 수교하기 시작해서일까. 거리 곳곳에서는 관광객들을 상대로 다양한 이벤트들이 벌어지고 있었다. 아래위 모두 빨간 양복을 입고 시가를 피

쿠바 음악과 혁명의 아이콘 체 게바라를 만나다

우고 있는 머리 흰 노인, 그 앞에서 그림을 그리고 있는 여인. 노랗고 빨간 드레스를 입고 커다란 꽃바구니를 옆에 끼고 큰 엉덩이와 가슴을 흔들며 사진 모델을 하면서 관광객들과 허그하고 있는 여인들. 서너 명이 함께 흰 옷을 입고 기타를 연주하는 사람들. 연두색 옷을 입고 팔에 큰 과자 상자를 안고 있는 눈이 커다란 청년. 그는 원 달러의 표시로 검지 손가락을 내밀고 있다. 노점에서 파인애플을 깎는 사내. 찢어진 짧은 청바지에 어깨 한쪽이 없는 옷을 걸친 채 옷을 파는 여인. 그녀의 손에는 쿠바 전통 악기가 들려 있다. 중세 수도자의 옷을 걸치고 판토마임을 하는 사람들. 피에로처럼 알록달록한 옷을 입고 노란 옷 입은 개와 함께 묘기를 보이는 남자. 자기 집 문에 비스듬히 기대어 관광객들을 관망하는 어느 쿠바 여인의 시선은 섬뜩하기도 하다. 낡은 음반과 헌 서적을 진열하고 있는 거리. 노란색, 하늘색, 분홍색 건물들. 고전영화 속에서나 볼 수 있는 파랗고 빨간 자동차들. 하늘색 자동차가 많다. 이들은 1950년대 차들로서 사회주의 혁명 이후 미국의 금수 조치로 경제가 봉쇄되면서 새 차가 들어오지 못하여 올드 카가 많다고 한

쿠바 음악과 혁명의 아이콘 체 게바라를 만나다

다. 쿠바는 195○육십 년대에 우리나라에서 볼 수 있었던 가난의 흔적들이 도처에 묻어 있었지만 삶의 정겨운 모습들을 간직하고 있었다. 동시에 스페인 음악과 아프리카에서 노예로 팔려온 흑인 음악이 결합하여 밝음과 어둠, 기쁨과 삶의 애환들이 녹아서 독특한 매력을 풍기고 있었다. 그리고 자본주의 사회로 진입하려는 그들의 열망과 모호한 불안감들이 거리 곳곳에 짙게 배어나고 있다고나 할까.

숙소로 향하는 도중 쿠바 가이드는 아담하고 작은 레스토랑으로 안내를 했다. 이 레스토랑은 예약한 자에게만 식사를 준다고 한다. 벽에는 여러 종류의 앤틱 시계들이 장식되어 있었고 트럼펫, 오보에 등 관악기들도 걸려 있었다. 쿠바 가이드는 자신이 북한에 10여 년 이상을 살다가 왔고 김일성과도 악수했다고 하며 그 사진을 보여주었다. 그녀의 아버지가 북한 주재 쿠바 상무관이어서 그곳에서 생활해왔다고 말했다. 우리는 북한 생활에 대해 이것저것 물었다. 그녀는 김일성대학에서 공부하고 쿠바로 돌아와 가이드를 하게 되었으며 남편은 버스를 운전하는 기사라고 말했다. 어쨌거나 그녀 덕분에 이번 여행 중 최고로 맛있는 랍스터 요리를 대접 받았다. 무너진 건물과 잔해들, 먼지들, 까무잡잡한 아이들이 어느 순간 손을 내밀며 불쑥 튀어나올 것 같은 가난한 나라 쿠바, 아바나에서 최고의 음식을 대접 받았다는 것 역시 아이러니하게 느껴졌다. 아직도 쿠바는 순진성을 가지고 있어서일까. 아니면 쿠바 가이드가 아직 순진성을 간직하고 있어서일까. 그녀를 생각하며 진심으로 감사한 마음으로 식사를 즐겼다. 그녀도 이제 자본주의 사회 속에서 일상을 살아가야 할 텐데…… 괜한 걱정도 되었지만. 그녀의 삶과 가족들에게 신의 축복이 함께하길 기원하였다.

토요일. 아바나에서는 일주일에 한 번 부에나비스타소셜클럽이 공연을 한다. 호텔 나시오날 '살롱 1930'. 쿠바 혁명 이후 이발사였던 콤파이 세군도와 구두닦이로 연명했던 이브라힘 페레르. 1966년 쿠바 음악에 심취해 있던 미국 기타리스트이자 레코딩 프로듀서인 라이 쿠더가 흩어져 있던 이들 뮤지션을 찾아냈고 에그렘 스튜디오에서 6일 만에 라이브로 녹음을 끝내어 쿠바 혁명 이후 쇠퇴했던 쿠바 음악 붐을 전 세계적으

쿠바 음악과 혁명의 아이콘 체 게바라를 만나다

로 불러 일으켰다. 그들은 어디에서 왔을까요? 아바나에서 왔을까요? 아니면 산티아고에서 왔을까요? (트리오 마타모로스, 〈그들은 언덕에서 왔어요〉, 1923). 뜰에는 꽃들이 잠들어 있네/흰 백합, 장미, 수선화가/깊은 슬픔에 잠긴 내 영혼도/꽃들에게 나의 아픔을 숨기고 싶네/인생이 가져다 준 고통을(이브라힘 페레르, 〈침묵〉, 1927). 춤추듯 걷고 노래하듯 말하는 쿠바인들. 삶의 고통과 슬픔을 낭만적으로 표현한 음악과 늑대 같은 살사춤을 새벽 두 시까지 보다가 다음 날 멕시코 비행을 위해 미련을 남겨두고 그곳을 떠나 숙소로 올라갔다.

다음 날 혁명광장에서 체 게바라와 독립운동가 호세 마르티의 얼굴을 만났다. 체 게바라는 이미 서구 사회에서 가장 인기 있는 혁명가로서 섹시 아이콘으로 자리 잡은 지 오래이다. 카를로스 푸에블라의 〈체 게바라여 영원하라〉와 쿠바 독립운동을 이끈 혁명가이며 문학가였던 호세 마르티의 시에 곡을 붙인 〈관타나메라〉를 들으며 우리는 멕시코시티로 가기 위해 비행장으로 향했다. 10년 후 쿠바인들은 화폐와 물질만능주의가 난

무하는 자유 경제 체제에서 과거 사회주의 시절을 그리워할까. 아니면 욕망의 집어등이 밀집한 네온 속에서, 자본주의의 물결에 행복해할까. 문득 궁금해진다. 오늘 그들이 보여주는 선함과 유쾌함이 도도히 넘어오는 격랑 속에서 평화롭게 유지되기를, 카리브해를 닮은 파아란 하늘을 보며 기원해본다. 체 게바라여 영원하라. 식민지 시대와 독재 시대를 함께 겪은 쿠바인과 한국인의 마음 깊이에서. 추운 겨울날 회색 눈사람에게 목도리를 둘러주는 따뜻한 인간애와 희망을 간직하기를.

쿠바 음악과 혁명의 아이콘 체 게바라를 만나다

헤밍웨이 문학의 산실을 찾아서

키웨스트, 『가진 자와 못 가진 자』

여행은 인간의 의지를 뛰어넘는 플러스 알파의 힘을 가졌다. 일상에 대한 일탈과 구속에서 벗어나 훨훨 날아가고 싶은 자유에의 욕망, 이 순수한 욕망을 여행은 묘하게 비웃기도 하고 깨뜨리면서 파격적으로 인간을 해체시키기도 한다. 예기치 않았던 사건들, 그리고 만남과 이별, 우연의 연속들. 이것이 또한 여행의 매력이 아닐까. 헤밍웨이를 찾아 키웨스트와 쿠바로 떠나는 나의 여정은 출발부터 이렇게 파격적으로 다가왔다.

비행기를 놓치다

우리는 크루즈를 타기 위해 디트로이트에서 환승하여 포트로더데일로 가야만 했다. 그런데 비행기가 연착하고 여행사에서 환승하는 시간을 짧게 잡아 시간적 여유가 30분도 남아 있지 않았다. 입국심사도 해야 하고 짐도 부쳐야 하는데 길게 서있는 줄은 좀처럼 줄어들지 않았다.

가이드가 뛸 준비해야 한다고 서두르고 있는데 설상가상으로 나와 나의 사랑스런 룸메이트는 짐 검사를 다시 받아야 했다. 돈을 얼마 가지고 있느냐는 세관원의 질문에 나의 룸메이트는 원 사우전드 달러로 해야 할 것을 얼결에 텐 사우전드 달러로 잘못 말해버린 것이다. '텐 사우전드 달라?' 내 머릿속이 돈 계산 하느라고 우물쭈물하는 사이, 우리는 이미 일행과는 다른 쪽 줄로 끌려가고 있었다. 정신이 든 나는 "노, 원 사우전드 달라"라고 외쳤으나 이미 늦었다. 가방은 이미 흉물스럽게 풀어져 해체되고 있었다. 다급해진 나는 "아임 프로페서, 위 해브 노 타임……." 어쩌고 저쩌고 외쳤으나 그들은 그런 나를 마냥 비웃는 듯 싱글거리며 짐들을 일일이 점검하였다. 그리고 나를 가까이 다가서지도 못하게 하였다. 나의 룸메이트는 허둥대는 나를 째려보기까지 했다. 세관원 말을 안 듣고 가까이 다가선다고. 적반하장도 유분수지. 우리는 이렇게 일행에서 뒤처지게 되었다. 드디어 짐 검사를 마치고 겨우 짐을 부쳤으나, 일행은 이미 우리 시야에서 보이지 않았다.

우여곡절 끝에 우리는 일행과 합류하였다. 일행은 모두 비행기를 타려고 필사적으로 뛰었으나 결국 비행기를 놓치고 말았다고 하소연하고 있었다. 나는 '우리는 그나마 안 뛰었으니 다행이다'라고 자위하면서 실소를 머금을 수밖에. 내 생애 처음으로 비행기를 놓치는 순간이었다.

미국, 플로리다키스군도, 키웨스트,『가진 자와 못 가진 자』

포트로더데일에서 크루즈를 타고 제일 먼저 정박한 곳은 키웨스트(Keywest). 길게 42개의 섬으로 이루어진 플로리다키스 군도 중 최남단에 위치한 키웨스트는 북위 24도, 멕시코만 가장자리에 위치해 있는 전체 면적 19제곱킬로미터밖에 되지 않는 자그맣고 아담한 섬이다. 섬의 모양은 길쭉한 소라를 닮았다고 한다.

스페인 식민지에서 1763년 영국령, 다시 스페인령으로 편입되었던 키웨스트 구시가지엔 고풍스런 분위기의 유럽풍 건물이 눈에 띤다. 유럽풍의 흰 건물들과 예쁘게 치장된 집들, 주황색 꽃을 피우는 코르디아 세베스테나, 부겐빌레아, 유칼립투스. 에메랄드 빛 바다를 가로지르며 점점이 박힌 섬들 위를 달리는 자동차 여행은 아니었지만, 느긋하게 꽃향기와 풀향내를 맡으며 걷는 하얀 길들은 나에게 여유와 풍요로움을 가져다주었다. 해풍에 스며오는 바다 내음새, 짹짹 지저귀는 이름 모를 새들의 환희.

트루먼 대통령의 리틀 화이트 하우스, 등대 박물관을 거쳐 최남단 포인트에서 우리는 사진을 찰칵, 찍었다. 추처럼 생긴 원통형 구조물에는 'the conch republic' '90miles to CUBA' 라고 적혀 있었다. 쿠바와 90마일밖에 떨어져 있지 않은 이곳에는 쿠바의 난민들이 많이 정착해 산다고 한다. 바다 건너편에 아스라이 쿠바가 보인다. 키웨스트가 원래 고향인 주민들은 '짠물 콘치', 쿠바에서 이주해 오거나 다른 고장에서 들어온 주민들은 '민물 콘치'라고 한단다.

우리는 드디어 다운타운의 중심거리 듀발 스트리트와 트루만 애비뉴가 만나는 지점에 위치한 헤밍웨이 하우스에 도착하였다. 헤밍웨이 하우스는 빨간 벽돌담과 흰 이층집으로 이루어져 있었고 무성한 열대림들로 둘러싸여 있었다. 초록 테두리와 검은 바탕에는 흰 글자로 'Ernest Hemingway Home'이라고 적혀 있었다.

도전과 모험을 통해 삶의 진실을 작품 속에 구체화하고자 위험한 전쟁에 자원하기도 하며 다양한 인생을 살다 간 헤밍웨이는 그의 두 번째 아내 폴린과 1928년부터 1939년까지 키웨스트에 거주하며 그의 전 작품의 70퍼센트를 이곳에서 썼다고 한다. 헤밍웨이는 1929년 미국 대공황기에서 경제적으로 시련을

헤밍웨이 문학의 산실을 찾아서

겪으며 살아가던 키웨스트 사람들의 모습을 『가진 자와 못 가진 자(*To Have and Have not*)』에서 형상화하면서 불공평한 사회 실상을 고발하였다. 이 작품에서 헤밍웨이는 어부 해리 모건과 그의 아내 매리를 주인공으로 하여 빈부의 사회문제를 다루었다. 이 작품에서 가진 자(The Haves)는 부유한 관광객들, 예를 들어 대학교수들과 정부관료들을 의미한다. 못 가진 자(The Haves Nots)는 키웨스트의 가난한 사람들을 의미한다. 추운 겨울철 부유한 관광객들은 따뜻한 키웨스트로 관광을 와서 돈을 소비하는 데 반해, 키웨스트의 못 가진 자들의 참상에는 어떤 관심도 기울이지 않는다는 내용이다. 사회 고발의 주제를 가진 이 책은 출판 이듬해에 판매 금지를 당하기도 한다.

헤밍웨이가 키웨스트에 머문 시기는 그의 전 생애 중 가장 창작 의욕이 왕성했던 시기로, 『무기여 잘 있거라』 『오후의 죽음』 『아프리카의 푸른 언덕』 『제5열』 『승자에게는 아무것도 주지 마라』 『누구를 위하여 종을 울리나』 「킬리만자로의 눈」 「다리 위의 노인」 등이 키웨스트에 머무는 동안 집필되고 출간된 대표적 작품들이다.

헤밍웨이의 집에서 여섯 발가락 고양이의 후손을 보다

　헤밍웨이의 집에는 헴(Hemi, 헤밍웨이의 애칭)의 네 명의 아내, 해들리, 폴린, 마사 그리고 메리의 사진이 있었다. 이 집에서 헴은 폴린과 함께 살았는데 오른쪽에 놓인 사진 중에는 헴과 폴린 사이에서 난 두 아들 패트릭과 그레고리의 것이 있었고 아들들은 이곳에서 자랐다고 전해진다. 헴은 첫 번째 부인 해들리 사이에 잭이라는 아들을 두었는데, 그는 여배우 매리얼 헤밍웨이의 아버지라고 한다. 헴의 세 아들 중 유일하게 살아 있는 아들이 패트릭이고 그는 현재 몬타나(Montana)에서 살고 있다고 한다.

　아들 패트릭과 그레고리의 방에는, 헴의 초판본 소설들과 서부 여행에서 가지고 온 부츠들, 말안장, 쿠바에서 잡은 커다란 청새치(Marlin)와 포즈를 취하고 있는 헴의 모습도 보였다. 또 벽에는 제 1차 세계대전에서 적십자 유니폼을 입은 젊은 헤밍웨이의 모습도 보였다. 이때의 경험은 후일 『무기여 잘 있거라』

를 쓰게 하는 동기가 되는데 아그네스 본 쿠로프스키와의 사랑이 소재가 되었다고 전해진다.

또 헴의 친구 스탠리 덱스터(난파 구조선 선장)가 헴에게 준 여섯 개의 발가락 가진 고양이(snowball)를 소개하는 이야기가 적혀 있었다. 스탠리가 준 여섯 개 발가락 고양이는 엄청나게 후손을 불려 헴의 집에서 현재까지도 살고 있다. 헴이 존재하지 않는 공간에 헴의 육신은 없지만 어쩌면 헴의 문학적 영혼은 스노볼로 육화되어 현현되고 있는 것일까. 헤밍웨이의 사후에도 세월은 이렇게 흘러가고 있었던 것이다.

또한 '유모의 방'에는 헴의 서재와 원고 수납함도 보였는데 집필하던 작품들을 하얀 선반에 보관하였다고 한다. 2층에 있는 헴의 작업실에는 그가 아끼던 타자기, 쿠바 시가 제조자의 의자, 기념품들이 있었다. 이 작업실에서 헴은 그의 작중인물들을 창조하느라고 치열하게 갈등하고 고뇌했을 것이다.

마당에는 약 120미터가량 되는 수영장이 있었다. 헴은 이 수영장의 설계를 했다. 헴이 스페인 내전 때 종군 기자로 출전한 후 돌아와보니 수영장은 완공되었으나 총 21만 달러를 지불하게 되었다고 한다. 헴은 "흠…… 내 마지막 1센트도 가져가는 게 어떻겠소?"라고 폴린한테 말하고 초록 기둥 앞 유리 밑에 헴의 마지막 1센트를 놓았다고 한다. 헴의 마지막 1센트는 헤밍웨이의 유머와 재치를 엿볼 수 있는 증거물이다.

특히 헴은 고양이들을 위해 '분수대'를 만들었는데, 슬로피 조의 바(Sloppy Joe's Bar)에서 소변기를 떼어와 폴린이 장식용 타일을 붙여 치장한 것이라고 한다. 고양이들은 이것이 소변기의 변형이라는 것을 아는지 받아놓은 물은 절대 안 마시고 흘러내리는 물만 마신다고 하니, 얼마나 영특한 동물인가. 헴의 고양이에 대한 사랑을 엿볼 수 있었다.

키웨스트에서 헴에게 헌신적으로 내조했던 폴린과 헴의 결혼 생활은 행복했다고 전해진다. 그러나 마사 겔혼이 나타나면서 그들의 결혼도 파국으로 치닫고 만다. 사랑의 덧없음이여. 누구의 사랑이든 언제나 이별은 가슴 아프다.

우리는 헤밍웨이의 집을 뒤로 하고 예쁜 카페에 들렀다. 자메이카 맥주 한 잔을 마시고 키웨스트에서 유명한 키라임파이와 스윗 코코넛 케이크도 한 판 사서 먹고 트리니다드의 칼립

소와 자메이카의 레게 선율을 온 몸으로 느끼며 유유자적 콧노래를 흥얼거렸다.

헤밍웨이, 슬로피 조의 바에서 마사 겔혼을 만나다

우리는 이제 헤밍웨이가 스탠리를 처음 만났던 키웨스트의 유명한 슬로피 조의 바를 찾아 나섰다. 바 입구의 노란 간판에는 'CAPT TONYS SALOON'이라고 써 있었고 밑에는 'The first and Original SLOPPY Joe's 1933-1937'이라고 적혀 있다. 간판 가운데에는 시가를 문 헤밍웨이의 얼굴이 보인다. 그리고 간판 위에는 커다란 청새치가 조각되어 있다. 그린 스트리트 모퉁이에 있는 이 바를 헤밍웨이는 저녁에 즐겨 찾아 술을 마셨다고 한다. 1936년, 세 번째 아내 마사 겔혼도 이 바에서 처음으로 만났다. 이 바는 헤밍웨이가 사람들을 만나고 작품의 착상을 가다듬기도 했던 창작의 공간이었으며, 동시에 글쓰기의 긴장에서 해방될 수 있는 치유의 공간이었다.

1935년 문을 연 이 바가 유명해진 것은 헤밍웨이와 악명 높은 점주 밀매업자 하바나 조(Habana Joe)가 단골이었기 때문이라고 한다. 헤밍웨이 외에도 희곡 「욕망이라는 이름의 전차」를 쓴 테네시 윌리엄스(Tennessee Williams) 역시 키웨스트에서 작품의 초안을 잡은 것으로 알려져 있다. 헤밍웨이는 이 바에서 좋아하는 모히토(Mojito)를 즐겼으리라.

　내부에 들어가 보니 천장에는 무수한 화폐가 빼곡히 붙어 있고 연두, 빨강, 살색, 검정 등 다양한 크기의 여자 브래지어가 주렁주렁 매달려 있었다. 브래지어에는 가슴의 크기를 뜻하는 숫자, 그리고 전화번호 등이 사인펜으로 가득 적혀 있었다. "오, 나를 사 가주세요"라고 외치는 듯. 그래서 이 바는 근대 문물 또는 자본주의의 메커니즘을 전형적으로 드러내는 상징적 바라는 생각이 든다. 『가진 자와 못 가진 자』에서 빈부의 격차를 비판적으로 바라보던 헤밍웨이가 자본주의의 메커니즘을 대표하는 화폐와 브래지어로 치장된 주점에서 즐겼을 시간들. 어디선가 헤밍웨이의 분신들이 튀어나와 호탕하게 웃으며 등장할 것만 같다.

우리 일행은 키웨스트를 뒤로 하고 멕시코 코즈멜섬을 거쳐 쿠바 아바나로 향했다. 헤밍웨이는 1939년 11월 폴린과 별거하고 쿠바 아바나 교외에 '전망 좋은 농장'(라 핑카 비히아)으로 이주하여 1940년 마사 겔혼과 세 번째로 결혼한다. 1943년 신문 및 잡지 특파원으로 유럽 전쟁 취재를 시작하면서 메리 웰시를 만나 1946년 네 번째로 결혼한 뒤에도 계속 이 집에 머무는데 그만큼 헤밍웨이가 이 집을 사랑했다고 한다. 그러나 겔혼과의 불행한 결혼 생활은 건강 악화를 가져왔고 네 번에 걸친 뇌진탕 등 각종 질병에 시달리게 된다. 모험과 도전의 경험을 바탕으로 작품을 창작하고자 했던 헤밍웨이의 기본 구조가 건강 악화로 깨어진 그 시기에 치열한 작가정신으로 이를 극복하고자 쓴 작품이 『노인과 바다』(1952)였다고 한다. 이 작품에서 작가는 "파괴당할 수는 있을지언정 패배를 모르는" 산티아고를 통하여 인간은 패배할 수 없다는 강인한 긍정정신을 드러내 보인다.

『노인과 바다』에서 헤밍웨이가 보여주던 이러한 불패 정신은 우울증 등 건강 악화로 헤밍웨이가 자살함으로써 현실 속에서 실현되지 못해 안타까움을 불러일으킨다. 1954년 두 번의 비행기 사고와 들불로 중상을 입은 헤밍웨이는 점차 정신이 피폐해져 우울증에 시달렸으며 폭음을 일삼았다고 한다. 또한 1959년 쿠바 혁명으로 더 이상 쿠바에 머무를 수 없게 된 헤밍웨이는 미국으로 돌아와 아이다호 케첨에 정착하였으나 과대망상과 우울증은 더욱 심각해졌다고 한다. 1961년 7월 21일 새벽, 헤밍웨이는 장총을 입에 물고 발사함으로써 최후를 마감한다. 세 번째 자살 시도가 성공하였던 것이다.

쿠바비행기, 아바나로 회항하다

헤밍웨이의 도전적인 삶과 문학에 대한 열정과 치열한 작가 정신, 그리고 비참한 죽음을 반추하며 우리는 이제 쿠바를 떠난다. 멕시코 마야 문명을 만나러 멕시코시티를 향해 비행기는 이륙했다. 한참을 가고 있는데 가이드가 나타나 하는 말. "우리가 지금 회항하는 놀이를 해야 해요" 하고 비실비실 웃고 있었다. 뭐야? 장난하는 거야? 저 웃음의 의미는? "비행기에 문제가 좀 있나 봐요." 순간 바다 위에서 추락할 수도 있다는 공포감이 몰려왔다. 그러나 어찌하리. 돌아가야만 한다면 무사히 돌아가기를 신에게 기원하는 수밖에.

드디어 아바나에 무사히 착륙. 모두들 넋이 빠져 웃을 수밖에 없었다. 인간의 힘은 지극히 미약하므로. 덕분에 멕시코시티 관광은 허공으로 날아가버렸다. 다시 멕시코와 미국을 거쳐 20여 시간의 비행을 끝내고 한국에 돌아온 날. 열세 번의 출국과 입국을 하는 여행 일정이 어디 있느냐고 나의 룸메이트는 툴툴거렸다. 아니, 미국과 사회주의 국가인 쿠바가 수교가 안 되어 바로 못 가는 걸 어쩌라고. 그리하여 우리는 새끼손가락을 걸어 약속했다. 다시는 해외여행을 함께 가지 않기로. 아주 특별한 경우를 제외하고는. 나는 이번 여행을 통해 깨달았다.

여행은 일탈을 꿈꾸는 자만이 누릴 수 있는 특권이라는 것을. 여행은 이성적 사고와 계획된 틀 속에서 움직여지지 않는다는 것을. 왜냐하면 여행은 우연의 연속이고, 때로는 파격적인 꿈이며, 한바탕 꿈속을 헤매게 만드는 몽환적인 아름다움을 동반하기 때문에. 그리하여 아르세니오 로드리게스가 〈인생은 하룻밤의 꿈〉에서 "인생은 하룻밤의 꿈, 꿈이 삶이고 삶이 곧 꿈. 그러니 당신은 인생의 주인이 되어 인생을 즐겨야 한다"라고 노래했듯이, 그럽시다. 우리도 각자의 인생을, 각자의 방식대로 즐깁시다. 나는 때때로 현실을 일탈하여 여행을 즐기고, 당신은 현실 속에서 현실을 즐기고. 하하. 굳빠이.

헤밍웨이 문학의 산실을 찾아서

제2부

행복의 투이새를 찾아서

관계의 미학

행복의 투이새를 찾아서

인간은 누구나 관계를 맺으며 살아
간다. 이 관계를 통해서 사랑하고 미워하고 슬퍼하고 때로는
절망한다. 타인과의 관계 속에서 어떤 사람은 인간적으로 성숙
되기도 하지만 어떤 사람은 완전히 인간성을 상실한 채 파괴되
기도 한다. 그리고 인간은 관계 속에서 상대방을 바라보기도
하지만 자기 자신의 참모습을 바라보기도 한다. 관계는 자기
자신을 들여다보는 문인 것이다.

돌이켜보면 나 역시 수많은 관계 속에서 아파하고 갈등하고
사랑하고 절망하며 살아왔다. 때로는 생각의 차이를 수용할 수
없어서, 때로는 신념과 가치관이 다르다는 이유로, 때로는 상

대방의 감정과 정서를 이해할 수 없어서 힘들어했던 것 같다. 이제 세월이 흘러 중년으로 접어들면서 생각의 차이, 가치관의 차이, 정서의 차이를 상대방의 개성으로 그대로 수용하고 인정하려고 노력한다. 인간이 인간을 변화시킨다는 것은 지극히 어려운 일이라는 것을 깨달았기 때문이다. 사랑하는 관계에서 조차도 그 사람을 변화시키는 것은 지난한 일이다. 사소한 습관을 고치게 하는 것도 어렵고 가치관을 변화시키기도 어려우며 공감대를 형성하고 감정을 공유하기도 쉬운 일이 아니다. 상대방을 이해시키는 것도 어려우며 설득하는 것은 더더욱 쉽지 않다는 것을 깨달았기 때문이다.

이렇게 한 사람과 한 사람 사이에 놓여진 간극, 그 거리가 좁혀지기 어려워, 생텍쥐페리는 "사랑은 마주 보는 것이 아니라 함께 같은 방향을 보는 것이다"라고 말했는지 모른다. 영원히 평행선을 달리고 있는 관계, 결코 좁혀지지 않는 부부 관계, 부모와 자식과의 관계, 타인과의 관계 속에서 우리들은 끊임없이 갈등하고 분노하고 절망하는 것이다.

세상에 존재하는 다양한 관계 중에서도 가장 근본이 되는 관계는 부모와 자식 관계, 그리고 부부 관계라고 할 수 있다. 부부 관계가 원만해야 자식과의 관계도 원활할 수 있기 때문이다. 부부 관계가 원만하지 않을 때 부모는 정서적으로 자식에게 불안감과 두려움을 주게 됨으로써 자녀로 하여금 성숙된 자아를 갖게 하는 데 실패하는 경우가 많다. 어느 전도사는 부부 관계에 접근하는 길이 신앙으로 인도하는 가장 빠른 길이라고 말했다. 그만큼 부부 관계의 문제점이 심각하다고 볼 수 있는 것이다. 그래서 시몬 드 보부아르는『제 2의 성』에서 "결혼과 사랑의 조화는 대단히 힘든 일이어서 신의 간여가 필요하다"고 말했다.

　부모와 자식 관계에서도 역시 끊임없는 인내와 희생과 이해가 요구된다. 가족이 아닌 타인과의 관계에서는 서로 조화되지 못하고 공감하지 못하면 관계를 끊어버리면 그만이다. 하지만 혈연으로 얽혀진 가족 관계에서 빚어지는 갈등들은 문제가 해결되지 않으면 서로에게 가장 큰 상처를 남기게 된다. 그래서 상처는 가장 가까운 관계에서 가장 많이 받게 된다는 것이다. 서로에게 어쩔 수 없이 주는 상처, 그 상처를 치유하기 위해서 필요한 것은 '용서'이다.

한때 나의 역할 중에서 가장 힘든 역할이 무엇일까, 심각하게 생각한 적이 있었다. 선생의 역할, 딸의 역할, 아내의 역할, 엄마의 역할, 며느리의 역할 중에서. 그중 가장 어렵고 만족스럽지 못한 역할은 바로 엄마의 역할이었다. 아이들에게 공부만을 강요하는 교육 환경 속에서 아이들도 상처받고 그에 따라 부모도 상처받고 스트레스 받는 것이 오늘날 한국의 현실이다. 부모가 바라는 성적의 기대치에 미달하면 알게 모르게 아이들을 억압하고 이에 따라 아이들은 절망하고 반항하다가 일탈하고 마는 것이 오늘날 한국의 교육 현실인 것이다. 이러한 한국의 교육적 상황하에서는 아이들도 부모도 모두 슬프다.

나와 아들 역시 이 불합리한 제도 속에서 상처받을 수밖에 없었다. 그래서 나는 군대에 간 아들에게 용기를 내어 용서의 편지를 썼다. 본의 아니게 엄마가 상처를 주어서 미안하다고. 용서하라고.

나는 직장 생활을 하고 있었음에도 불구하고 아들에게 최선을 다해 뒷바라지했다고 장담한다. 그럼에도 불구하고 아이에게 정신적으로 상처를 주었으며 눈에 보이지 않는 희생을 강요했음에 틀림없을 것이다. 시간에 맞춰 강의를 하러 가야 했다. 처음으로 부른 도우미 아줌마가 제 시간에 오지 않았다. 전화로 유아원에서 돌아오면 어느 장소에서 기다렸다가 데려오라고 했다. 그런데 서로 어긋나 문방구에 아이가 울면서 맡겨져 있었다. 지금도 그 일을 생각하면 가슴이 섬뜩해지고 안쓰러워진다. 어린 마음에 얼마나 무섭고 막막했을까.

강서구 등촌동에 사시는 친정엄마가 두 시간 가까이 걸려 성북구 월계동에 있는 나의 집까지 오셔서 근 1년 동안 아들을 봐주셨던 일. 시어머님 댁에 아들을 일주일에 서너 번씩 맡기고 열두 시가 되어 아들이 잠들어서야 비로소 '날아라 방석'에 태워 집으로 돌아왔던 일. 생각해보면 참 지난하고 험난한 인생의 여정이었다. 아직도 한국 사회에서 여성들이 직업을 가지고 자녀를 양육하려면 곳곳에서 이런 일들이 벌어지고 있는 것이다. 그나마 친정 부모든 시부모든 돌보아줄 가족이 있으면 천만다행인 것이다.

어느 날 후배 한 명이 불쑥 말했다.

"선배, 요새는 아들과 잘 놀아주세요?"

나는 놀라 반문했다.

"무슨 말이야?"

"몇 년 전에 아들이 놀아달라고 했을 때, 엄마 박사 받으면 놀아줄게라고 했다던 말이 기억나서요."

아, 그랬었구나. 지금도 『소설원론』 책의 속지 안에 쓰여진 아들의 '노라줘'라는 글씨를 볼 때면 가슴이 먹먹해지고 아려 온다.

어찌 보면 나도 부모로서 아들을 위해 희생했지만 남편과 아들 역시 내가 직업을 가짐으로써 힘들고 희생한 부분이 있었을 것이다. 미안한 마음에 나는 정년 후에 연금을 받으면 남편과 아들에게 경제적으로 도움을 주게 되므로 그 희생의 몫을 갚을 수 있어 다행이라고 자위한다. 이렇게 나에게 '엄마'의 덕목과 인내와 희생을 끊임없이 되묻게 하던 아들도 이제 성인이 되어 사회인이 되기 위한 준비를 하고 있다. 그도 나의 아들이기 이전에 성숙한 독립적인 개체가 된 것이다.

프랑스 정신분석의인 줄리아 크리스테바는『사랑의 역사』에서 "인간의 한평생은 거대하고 영원한 사랑의 과정이다"라고 말한다. 인간의 삶은 곧 사랑의 역사이며 생의 모든 문제는 사랑에서 비롯된다는 것이다. 사랑을 이루기 위해서는 나무에 물을 주듯이 상대방에게 끊임없는 관심을 주어야 하며 이해와 배려와 인내를 가져야 한다고 생각한다. 아름다운 사랑도 추억도 많이 저축해놓았다가 위기 상황에 그것을 꺼내 써야 하는 것이다. 왜냐하면 사랑은 순간순간 감정의 파장에 따라 움직이고, 시간과 세월에 따라 움직이고, 대상에 따라 움직이기 때문이다. 같은 대상이어도 나의 나이에 따라 혹은 상대의 나이에 따라 사랑의 감정은 달라지게 마련이다. 갓난아이 때 마냥 사랑스럽기만 하고 기쁨을 안겨주었던 자식의 존재는 성장하면서 슬픔의 존재가 된다. 그리고 어느 날 원수가 아닌 '웬수'의 존재로 탈바꿈하기도 한다. 그리고 평생의 짐이며 굴레이고 동시에 버팀목과 같은 존재가 되는 것이다.

자식에게 조금도 부담을 주고 싶어 하지 않았던 친정 부모님이 이제 팔순이 되셨다. 한없이 심성이 착하고 과묵하셨던 친

관계의 미학

정아버님이 뇌졸중으로 쓰러져 4년째를 병상에 누워 계신다. 온종일 천장만 바라보는 세월이 얼마나 힘겨울까 생각하면 가슴이 무너진다. 지난번 열흘이 넘게 병원에 못 들르자 아버지는 "너희들은 나한테 관심이 없는 것 같아"라고 눈시울을 적시며 어눌하게 말씀하셨다. "아니에요, 아버지. 그게 아니고 사회생활 하다 보면 바빠 그래요. 매일 매일 아버지 생각해요." 하고 구차한 변명을 늘어놓자 그제야 편안해하시던 아버지. 자식에게는 무조건 희생적이셨던 아버지. 단 한 번도 자식에게 싫은 소리 하지 않았던 아버지이기에, 자식에게 짐을 지우려 하지 않았던 아버지이기에, 아버지의 그 말씀이 더욱 슬프게 다가온다. 그런 아버지에게 나는 '사랑한다'는 말도 하지 못하고 있다. '사랑한다'는 말은 아직도 나에게 어색하고 낯설다. 언제쯤 나는 인간을 완전하게 온전하게 사랑할 수 있을까.

영화 〈흐르는 강물처럼〉은 이 점에서 나에게 많은 것을 생각하게 한다. 목사인 아버지에게는 두 아들이 있다. 빅플렛풋강의 소리, 4박자 리듬에 맞춰 아버지는 두 아들에게 플라잉 낚시를 가르친다. 신중하고 지적인 큰아들 노먼은 문학 교수가 되어 돌아온다. 자유분방한 작은아들 폴은 기자가 되지만 포커를 즐기며 나쁜 무리와 어울리다가 살해당하고 만다. 아버지는 아들을 잃은 슬픔 가운데에서 죽을 때까지 아들 폴을 못 잊은 채 생의 마지막 설교를 한다.

누구나 일생에 한번쯤은 사랑하는 사람이 불행에 처한 것을 보고 이렇게 기도합니다.

"기꺼이 돕겠습니다. 주님. 그러나 필요할 때 가장 가까운 사람을 도와주지 못합니다. 사실 우리는 필요할 때 무엇을 도와주어야할지 모르며 어떻게 도와야할지 알지 못합니다. 그들이 원치 않는 도움을 줍니다. 이렇게 서로 이해하지 못하는 사람들과 살아가고 있다는 사실을 알아야 합니다. 그렇다해도 우리는 사랑할 수는 있습니다. 완전한 이해 없이도 우리는 완벽하게 사랑할 수 있습니다."

우리는 서로 이해하지 못하는 사람들과 공동체를 이루며 살아가고 있다는 사실과 세상에는 다양한 사람들이 살고 있으며 그들을 있는 그대로, 그들 자체로 인정하고 받아들여야 한다고 목사는 말하는 것이다. 그는 비록 작은아들을 완전히 이해하지는 못했지만 완벽하게 사랑했다고 고백하는 것이다.

세월을 살아오면서 몇 가지 터득한 사실이 있다. 관계는 자기 의지로 선택되어야 한다는 것, 선택한 관계는 최선을 다해 책임을 져야 한다는 것, 포기도 때로는 진정한 용기일 수 있다는 것. 인간은 누구나 상대가 누구이든 간에 자기 나름의 방식대로 사랑한다는 것, 사랑하는 방식은 제각기 다 다르다는 것, 진정한 사랑에 도달하는 길은 멀고 험난한 여정이라는 것, 그러나 가장 가까운 사람부터 온전하게, 완벽하게 사랑할 수 있다면 행복하다는 것.

나는 여행을 즐긴다. 아름다운 자연과 교감하고 있을 때 그 어느 때보다도 자유롭고 편안하다. 그리고 평화와 위로를 받는다. 내가 여행을 즐기는 이유는 어쩌면 인간관계의 복잡함과 불편함에서 벗어나고 싶은 것일지도 모른다.

뉴질랜드에는 키위새가 산다. 암컷은 자기 몸의 5분의 4를 차지하는 알을 낳다가 70~80퍼센트는 죽는다고 한다. 그러면 수컷은 홀로 새끼를 돌보며 남은 생을 외롭게 살아간다고 한다. 엄청나게 정조와 지조가 강한 새이다. 비둘기 역시 자신의 짝이 기다리는 고향을 찾아 후각을 동원하여 날갯짓을 하여 험난한 여정을 거쳐 귀환한다고 한다. 반면 고슴도치는 자신의 가시를 세워 일정한 간격을 두고 사랑을 한다고 한다.

키위새나 비둘기의 사랑 방식이 옳은 것인지, 고슴도치의 사랑 방식이 옳은 것인지는 이 나이에도 잘 모르겠다. 다만 가장 가까이 있는 사람들과의 관계에서부터 행복한 관계를 만들어가야 한다는 것, 그것이야말로 인간 세상에서 평화와 사랑이 실현되는 지름길이라 믿는다. 버트란드 러셀은『행복의 정복』에서 자기 반성과 여행 그리고 자신들보다 어렵고 불우한 사람들과의 소박하고 진실한 대화를 통해, 현대 사회에서도 행복할 수 있다고 믿었다. 그러므로 이제 나도 사랑에 대한 낙관주의자가 되어야할까 보다.

이제 나도 아버지 생전에 '사랑한다'고 진심을 담아 편지를

관계의 미학

써야겠다. 어머니에게도 남편과 아들에게도 편지를 써야겠다.
행복의 투이(Tui)새를 찾아서.

  * 투이새는 뉴질랜드에 서식하는 새로 '행복'을 가져다 주는 새라고 한
다. 호록호록, 휘익휘익 등 다섯 가지의 다른 소리를 낸다고 한다.

아버지의 크리스마스 카드

봄을 담고 오는 하늘이 무연히 맑다. 아버지는 나에게 늘 하늘과 같은 존재였다. 넓고 깊은 마음을 가지셨던 아버지는 하늘을 닮았고 바다를 닮았다. 크게 화내시는 일도 없이 늘 빙그레 웃음을 지으셨던 아버지. 아버지는 과묵하셨고 감정 표현을 할 줄도 모르셨으나 자식을 당신의 전부로 여기셨다. 세상의 어머니들처럼 내 아버지는 자식에게 무조건적으로 희생하셨다. 세상의 아버지들처럼 권위적이거나 억압적이지 않으셨다. 그래서 나는 자유로운 환경에서 자랄 수 있었다.

친구와 술을 좋아하셨던 아버지는 결국 술 때문에 뇌경색으로 쓰러지셔서 감옥과도 같은 5년의 세월을 견뎌야 했다. 눈이 내리고 꽃이 피고 지고 낙엽이 떨어지길 다섯 번이나 되풀이할 때까지 면벽한 채, 아버지는 당신을 찾아줄 아내와 자식을 하염없이 기다리셨으리라. 아버지를 생각하면 김광림 시인의 시 「산」이 자꾸만 생각난다. "한여름에 들린/가야산/독경 소리//오늘은/철늦은 서설(瑞雪)이 내려/비로소 벙그는/매화 봉오리//눈 맞는/해인사/열두 암자를//오늘은/두루 한겨울/면벽한 노승의 눈매에/미소가 돌아".

눈과 면벽한 노승의 미소가 아버지와 자꾸 겹쳐지기 때문일까. 아버지의 투병 생활이 면벽한 노승같이 느껴졌기 때문일까. 진눈깨비 흩날리던 그날, 아버지의 눈매가 자꾸 생각나서일까.

진눈깨비 흩날리던 그날, 내가 이화여고에 입학 시험을 치르고 발표를 기다리던 그날. 아버지는 대문을 밀치고 들어서면서 기쁨의 환호를 외치셨다. "현숙아, 합격이야, 합격! 됐어!"

아버지의 머리뿐만 아니라 쌍꺼풀진 속눈썹도 희끗희끗 눈을 달고 젖어 있었다. 코트를 걸치고 계셨던 아버지는 진눈깨비를 맞아 온통 젖어 있었지만, 아버지의 기쁨에 가득 찬 눈동자와 담뿍 눈을 머금은 웃음만이 나에게 클로즈업되고 있었다. 합격자 명단에서 내 이름을 발견하고서 너무 좋아서 버스를 탈 생각도 미처 못 하고 종암동까지 마냥 걸어오셨다는 아버지. 장남인 오빠가 입시에서 자꾸 떨어져 마음고생이 심했던 아버지에게 나의 합격은 최고의 선물이었음에 틀림없었을 것이다.

아프지도 않고 젖만 주면 무럭무럭 잘 컸다던 나는 잠도 많았다. 그런 잠보가 여고를 졸업하고 국문과에 진학하겠다고 했을 때, 아버지는 "가정과는 어때?" 하고 꼭 한마디 하셨다. 그러나 곧바로 네가 원하면 그렇게 하라고 나의 선택을 존중해주셨다. 그런 아버지에게 나는 꼭 한 번 모진 말을 뱉어내었다. 대학원 다닐 때였던가. 아버지가 몇 년째 새로운 사업을 하시느라 홍보하시느라 고전을 면치 못하고 힘겹게 버티고 계실 때였다. "아버지는 왜 되지도 않는 사업을 그렇게 붙잡고 계세요!"라고. 믿었던 딸에게 그런 모진 말을 들은 아버지의 마음은 얼마나 시리고 아팠을까. 나를 배웅하던 아버지의 굽은 등이

아버지의 크리스마스 카드

아버지에게 마지막으로 받은 크리스마스 카드

쓸쓸하고 외로워 보였다. 아버지, 죄송해요. 결혼을 결정하고 청량리에 있던 시댁을 방문하고 가시던 아버지의 뒷모습 역시 허전하고 슬퍼 보였다. 그래서 아버지의 뒷모습은 나에게 언제나 슬픔으로 아픔으로 다가왔다.

아프고 괴로운 병상 생활에서도 아버지는 짜증내시거나 화내지 않으셨다. 지루한 나날을 그림 그리라고 내어드린 스케치북에 '현숙아, 행복하게 사러라' 하고 삐뚤빼뚤한 글자로 적어 크리스마스 카드로 만들어주셨다.

여행을 좋아했던 나는 병상에 누워 계신 아버지에게 내가 다녀온 여행 이야기를 들려드리지 못했다. 일상에서 있었던 소소한 재미난 이야기도 해드리지 못했다. 병상에서 면벽하고 계신 아버지에게 죄송한 마음이 들었기 때문이다. 그래서 책만 읽어드리고 그림만 그리라고 성화를 대었다. 그때 차라리 여행 때 좋았던 경치나 사람들, 소소한 일상 이야기를 많이많이 해드릴 걸 후회가 된다. 아마도 아버지는 좋아하셨을 텐데. 명절 때 집에 그리도 가고 싶어 하셨는데 나중 더 힘들어하실까 봐 모시지 못한 것이 끝내 죄스럽다.

아버지가 위독하시다고 동생이 연락했지만 입시 출제하느라 병문안을 가지 못했던 며칠 후. 입시가 끝나자마자 바로 병원으로 향했다. 아버지는 날 기다리셨을까. 나를 알아보시고 내가 잠깐 나간 사이 "따 따 딸" 하고 찾으셨다. "아버지, 내가 입시 출제하느라 열흘간 집에 못 갔어요. 집에 갔다가 다시 올게요."라는 말에 고개를 끄덕이던 아버지의 마지막 모습. 그리고 이틀째 새벽, 아버지는 하늘나라로 돌아가셨다.

2011년 10월 5일 새벽 4시 13분. 아버지는 임종 때 붉은 피를 토해내셨다. 얼른 닦아드리지도 못하고 남편이 닦아드리는 걸 멍하니 지켜보았던 못난 딸이 오늘도 봄 빛깔 가득 머금은 하늘을 보며 아버지에게 주문한다. 아버지, 저 아픈 건 못 참아요. 아프다 죽지 않고 자다가 죽을 수 있게 하늘나라에서 기도해주세요. 여전히 이기적인 딸이지만 아버지는 하늘나라에서 빙그레 웃으실 게다. 그리고 '그러마' 하고 고개를 끄덕이실 게다. 왜냐하면 당신은 나의 소중한 하늘이고 나의 아버지시니까.

아카시아꽃이
핀 줄도 모르고

　　　　　　　　　이제 머지않아 아카시아꽃이 달콤한 향내를 마구마구 퍼뜨리는 계절이 올 것이다.

　엄마는 저녁 먹고 진통을 하다 나를 낳았다고 하셨다. 내가 이 세상에 나온 시간을 정확히 알지 못하고 적어놓지도 않았다고 하셨다. 덕분에 나는 단 한 번도 점을 본 적이 없다. 흔히들 세상의 엄마들은 입시를 치를 때나 자식을 출가시킬 때 점이나 사주팔자나 궁합을 보곤 한다. 그런데 나의 엄마는 네 명의 자식을 출가시키면서도 단 한 번도 사주팔자나 궁합을 보지 않으셨다. 이 점에서 엄마는 세상의 여느 엄마들과 다르다. 엄마는 팔자나 운명이란 없으며 삶은 자신의 의지로 개척하는 것이라고 팔십 중반을 넘기고 있는 오늘날까지도 굳게 믿고 있다.

1933년생인 엄마는 중학교를 원주에서 마치고 동양백화점을 운영하던 외사촌 댁에서 덕성여고를 다니셨다고 한다. 자신의 삶은 자신의 의지로 개척해야 한다는 엄마의 믿음은 이러한 신학문의 영향이었을까. 어쨌거나 엄마의 진보적 가치관은 자식의 교육에서도 그대로 적용되었다. 덕분에 나는 연년생인 오빠와 차별받지 않고 자랐다. 다른 집과는 달리 장남인 오빠의 밥그릇에 계란이 감추어져 있지도 않았고 딸이라고 양보나 희생이나 인내를 강요받지도 않았다.

그야말로 우리 집안은 아버지를 포함해 모두가 수평적 관계로 유지되었다고 볼 수 있다. 자기 삶은 자기 의지로 개척해야한다는 엄마의 신념은 '주전자 저금통'을 창조했다. 매일매일 그날 쓸 돈의 10분의 1을 아껴 '주전자 저금통'에 넣는 것이다. 네 살 때 즈음이었던가. 오빠 따라 주전자에 있는 돈을 훔쳐다 하얀 눈깔사탕을 사 먹다가 엄마한테 혼난 일이 어렴풋이 떠오른다. 그 저금통 덕분에 엄마는 아버지의 사업 자금을 빌려줄 수도 있었고 사남매의 등록금을 차질 없이 낼 수도 있었을 것이다. 엄마는 지금도 집안 곳곳에 저금통을 마련해놓고 저금을 하신다. "엄마는 그 나이에 뭐 하러 저축을 해요? 그냥 편하게 쓰지." 내가 말하면, "나 아프면 어쩌니? 너희한테 부담 주기 싫어!" 하시며 고개를 절레절레 흔드신다. 친구들 모임에서 돌아오실 때도 웬만하면 택시 타면 좋으련만 절대 안 타신다. 내가 뭐라고 하면 "너 돈 그렇게 쓰면 안 된다. 저축을 해야지." 하고 도리어 잔소리를 하신다.

재작년까지만 해도 엄마의 등과 허리가 꼿꼿하셨는데 어느덧 자꾸 굽어져가고 있다. 얼마 전 목욕탕에서 본 엄마의 엉덩이 근육도 노인들처럼 탄력이 없어지고 주름져 가고 있었다. 나이 드는 일이란 이렇게 허망하고 덧없는 일일까. 세상의 모든 엄마들은 황무지를 개간하여 '새끼'라는 싹을 틔우고 혼신의 힘을 다해 생명을 길러내어 꽃을 피우게 만든다. 그리고 정작 자신은 '새끼'에게 모든 것을 다 내어주고 웃으며 기꺼이 스러져간다. 이 점에서 나의 엄마도 예외는 아니다.

11월 내 생일이 되면, 중학교 때 친구들을 초대해서 엄마가 차려준 백설기와 곰탕이 자주 생각난다. 나도 아들 생일날, 아들 친구 내외를 초대해 한 상 차려주고 싶다. 엄마의 추억을 만들어주고 싶다. 이런! 엄마 생신날, 엄마 친구들을 초대해 한 상 차려드릴 생각은 미처 못 하고. 쯧쯧쯧. 그래서 내리사랑은 언제나 슬프다.

모든 자식들이 자기 자식에게 주는 사랑의 10분의 1만큼만 부모님께 드리면 모두 효자 효녀가 될 텐데. 한겨울 신문지를 깔고 신발을 방에 들여다 데워주시던 엄마의 손길, 추운 겨울 스쿨버스까지 날라다주시던 도시락, 광화문에 있는 고등학교를 가기 위해 신장위동에서 구장위동까지 새벽길 걸어 버스를 타야 했던 딸의 짐을 덜어주려고 논 한가운데까지 책가방을 날라주던 엄마의 수고로움. 대학 때 친구와 여행 가고 싶어 하자 결혼 전에 여행 많이 가게 해주라고 아버지를 설득했던 엄마의 이해심. 대학원 간다고 했을 때 여자가 무슨 대학원을 가느냐고 하지 않고 기쁘게 허락하셨던 엄마. 엄마, 고마워요.

두 딸을 장남한테 보내지 않겠다는 엄마의 의지와는 달리 두 딸이 효자 장남과 결혼해 마음 고생 하는 것을 보고 엄마는 오늘날까지 두 며느리에게 싫은 소리 한마디를 하지 않으셨다. 예정일을 13일이나 넘기고 제왕절개 끝에 태어난 아이가 인큐베이터에 들어가자 온 집안이 긴장과 불안에 휩싸였다. 산모의 미세한 피를 아이가 삼켜 아이의 심장에 박혔다고 했다. 엄마는 외손자의 생명을 구해달라고 절에 가는 친구를 쫓아가 세 곳이나 연등을 켜고 간곡히 부처님께 기원드렸다고 했다. 엄마의 기원 덕분일까, 부처님의 자비심 덕분일까. 다행히도 아이는 심장에 박혀 있던 나의 피를 토해내고 구사일생 생명을 건졌다. 그러자 엄마는 독백처럼 말씀하셨다. "아카시아꽃이 핀 줄도 모르고 정신없이 쫓아다녔구나." 지금도 딸 가진 죄가 이렇게도 큰 거냐고 하소연하던 엄마의 목소리가 쟁쟁하다. 엄마, 죄송해요.

손자의 백일잔치, 손자의 발가락이 당신의 발가락을 닮았다고 좋아하던 엄마. 아들은 나의 발가락을 닮았고 나는 엄마의 발가락을 닮았다. 발가락이 닮은 삼대이다. 시댁에서 분가한 후 내가 일주일에 두세 번 시간강사로 학교에 가야 했기에 아들을 봐줄 사람이 없었다. 엄마는 목동에서 월계동까지 그 먼

길을 달려와 아들을 봐주시곤 저녁도 못 드시고 다시 목동으로 돌아가시곤 하셨다. 그 힘든 길에 마시곤 했던 판피린정과 박카스 때문에 한동안 알레르기가 생겼다고 하셨던 엄마.

2016년 5월 14일, 사월 초파일, 아들의 결혼식 날, "상엽이는 코에 복이 들었어. 잘 살 거야. 더구나 부처님 오신 날이잖아." 하고 좋아하시던 엄마. 걱정 마세요. 상엽이 잘 살 거예요. 엄마 아빠도 초파일에 결혼하셨단다.

지금도 매일 새벽 다섯 시에 일어나 한 시간씩 운동을 하는 엄마. 그런 엄마가 요즈음 너무너무 고맙고 장하게 느껴진다. "의사 선생님이 나더러 건강 관리 잘 한다고 훌륭하다고 했어. 어쩌니? 자식들 힘들게 하지 않으려면. 돈 드는 것도 아니고 운동이라도 열심히 해야지." 하시며 TV 보면서도 체조를 하신다. 일주일에 한 번은 꼭 뵈러 가야지 마음먹지만 거르는 경우도 있다. 혼자 사는 게 무척 외로울 텐데. 외롭다고 크게 내색하지도 않고 씩씩하게 사시려고 노력하는 엄마. 내가 왔다 가면 꼭 주차장까지 따라 나오셔서 배웅하신다. 내가 한사코 그러지 말라고 해도 배웅하는 게 예의라고 굳이 따라 나오신다.

손 흔드는 엄마의 모습이 왠지 안쓰러워 보기 싫다. 그런 딸의 속마음도 모르고, 엄마는. 그래서 나는 아들 내외가 오면 그냥 현관문 앞에서 배웅해버리고 만다.

올해에도 오월이면 아카시아꽃이 이 산 저 산 흐드러지게 피겠지. 그러면 엄마 모시고 여행을 다녀와야겠다. 엄마는 "나 여행 데리고 가려구?" 하며 반색하시리라. 그리고 당신이 작사 작곡한 〈절름발이 노새〉를 흥얼거릴 것이다. "절름발이 노새야 울지를 마라/해 저문 벌판에서 울기도 했더란다./절룩절룩 절룩절룩/너나 내나 그 옛날 상처 받은 몸/아무리 운다고 아픈 다리 아니 아프랴."

엄마, 사랑해요. 엄마의 고통도 슬픔도 외로움도 헤아리지 못한 저를 용서하세요. 엄마, 매일매일 행복하고 건강하게 사세요. 어떤 때는 전화통을 붙들고 한없이 이야기하려는 엄마, 자주 전화할게요. 자주 엄마 이야기 들으러 갈게요.

당신은 웃어요,
내가 꽃으로 필게

　　사랑은 행복으로 가는 문을 열어주는 행운의 열쇠일까, 불행으로 가는 검은 수렁일까. 모든 인간은 사랑이 비극적 파국으로 끝날지라도 열정적인 혹은 매혹적인 사랑을 꿈꾼다. 왜냐하면 사랑이 우리를 행복하게 만들고 삶을 풍요롭게 만들어준다고 믿기 때문이다. 그래서 모든 예술에서도 남녀의 사랑을 다양한 형태로 그려낸다. 사랑이 없는 드라마나 영화는 '앙꼬 없는 찐빵'과 같이 무미건조하다.

　사랑에 관한 대표적 명화로는 영화 〈카사블랑카〉를 들 수 있다. 이 영화는 제2차 세계대전 중 나치의 눈을 피해 미국으로 가려는 사람들의 기항지인 모로코에서 시작된다. 냉소적이나 휴머니티를 가진 릭은 카페를 운영하며 살고 있다. 어느 날 여권을 얻기 위해 일리자가 남편과 함께 이 카페에 오게 된다. 옛 애인을 다시 만난 릭(험프리 보가트 분)은 갈등한다. 갑자기 이별을 통보한 채 약속 장소인 기차역에 나타나지 않은 일리자(잉그리트 버그먼 분)를 이해할 수도 용서할 수도 없었기 때문이다. 전쟁 상황하에서 파리에서 만난 두 사람은 서로를 진심으로 사랑하게 되었다. 그런데 일리자에게는 독립을 위해 투쟁하는 남편이 있었고, 죽은 줄 알았던 남편이 다시 일리자에게 돌아오게 되면서, 일리자는 남편에게로 돌아갈 수밖에 없었던 것이다.

이 영화에서는 분노와 사랑 사이에서 고뇌하는 릭의 내면 풍경과 남편과 연인 사이에서 갈등하는 일리자의 눈빛 연기가 밀도 있게 펼쳐진다. 결국 릭은 사랑하는 여인을 프랑스 레지스탕스 지도자인 남편 빅터와 함께 떠나보내기 위해 마지막 작전을 펼친다. 일리자에게는 자기와 함께 떠난다고 거짓말을 한 채, 자신의 생명줄이라 할 수 있는 통행증을 포기한 채 죽음을 무릅쓰고 두 사람을 지켜내려는 릭의 사랑은 지고지순하다. 안개가 자욱이 끼어 있는 비행장에서 두 사람은 서로를 응시한 채 이별한다. 일리자가 눈물을 머금고 릭을 바라보는 마지막 이별 장면은 지금도 나의 마음을 서늘하게 만든다.

나는 모로코 여행 중 '릭의 카페'에 가본 적이 있다. 그곳에는 아직도 이 영화의 주제곡 〈As Time Goes By(세월이 흐르면)〉가 흘러 나오고 있었다. 남편과 함께 떠난 일리자는 과연 행복한 삶을 살아갈까? 일리자가 남편을 버리고 연인을 선택했다면, 그 삶은 남편과 함께한 삶보다 더 행복했을까? 이 영화를 볼 때마다 나는 그런 의문이 든다.

나라면 누구를 선택했을까? 릭은 정염에 빠져들지 않고, 사랑하는 여인을 진정으로 이해하고 위험에서 구출하기 위해 자신을 희생한 멋진 남성임에 분명하다. 릭과 같은 열정과 용기가 없이는 진정한 사랑을 이루어내기 힘들 것이다. 그들은 일렁이는 바다를 가슴 가득 품은 채 살아갈 것이다. 그럼에도 불구하고 인생의 어느 한순간 찬란하게 빛났던 사랑을 추억하며 미소 지을 수 있을 것이다. 사랑이 지나간 자리에는 한 송이 들꽃이 피어, 오늘 고단한 삶을 견디는 힘이 되어줄 것이다.

열네 살 연상의 클라라를 만나 사랑하게 되면서 평생을 독신으로 살아간 브람스. 스승인 로베르트 슈만의 사후에도 클라라 슈만을 보호해주고 돌보아준 브람스의 사랑 역시 고귀하고 위대하다. 스승의 아내에게로 향한 사랑을 가슴 깊이 담은 채, 존경과 우정으로 승화시켜 자신의 사랑을 지켜나간 브람스. 스승 슈만이 정신병의 악화로 라인강에 투신, 46세의 나이로 세상을 떠나자, 브람스는 어머니와 슈만을 애도하는 레퀴엠을 작곡한다. 독일 진혼곡이라 불리는 이 곡은 19세기 종교음악의 금자탑이라 평가받고 있다.

남편을 잃고 일곱째 아이를 임신한 채 홀로 남은 클라라를 위로하기 위해 브람스는 〈피아노 삼중주곡 제1번〉을 작곡한다. 스승인 슈만이 세상을 떠나자 자신의 사랑을 클라라에게 드러내 보이기도 하는 브람스는 "사랑하기 때문에 외로워진다."라고 클라라에게 편지를 쓰기도 한다.

77세의 나이로 클라라가 세상을 떠났을 때, 브람스는 "나의 가장 아름다운 체험과 고귀한 의미를 상실했다."고 애도했다. 그리고 그도 이듬해 봄 간암 선고를 받고 클라라를 뒤따라 죽음을 맞게 된다.

스승인 슈만의 아내, 클라라 슈만을 향한 브람스의 사랑은 어떤 의미를 가졌을까. 브람스의 말대로 아름다움, 기쁨, 행복, 고귀함, 그리고 외로움이었을까. 자신의 사랑을 지키는 일이 브람스에게는 자신만의 나무 한 그루를 마음속에 내밀하게 가꾸는 일이었을 것이다. 클라라라는 나무에게 비와 해와 바람이 되어 머무는 자신을 끊임없이 응시했을 것이다. 클라라 슈만의 그림자가 되어 그녀가 언제까지나 빛나도록 자신의 자리를 지켜 나아갔을 것이다.

지난 겨울 나는 행복을 그리는 화가 에바 알머슨의 전시회에 다녀왔다. 그녀는 소소한 일상 속에서 우리가 잘 몰랐던, 곁에 숨어 있는 행복을 찾아주는 화가라고 평가 받는다. 그녀의 그림 속에는 웃음을 머금은 인물들이 자주 등장한다. 단순화된 얼굴 속에서 눈은 상큼하게 웃고 있고 코는 기쁨에 겨워 벌름

거리고 입은 천진하게 방실거린다. 머리 위로는 빨강, 노랑, 파랑, 보라 꽃들이 만발해 있다.

그녀의 그림에는 애완견과 고양이들도 등장한다. 식탁 앞에 둘러앉은 행복한 가족의 모습도 자주 보인다. 그녀는 서울을 방문한 후 남산도 그려 넣고 도시의 건물도 그려 넣었다. "왜 남자는 자주 등장하지 않느냐." "왜 대머리가 많으냐."는 관객들의 요구에 모자 쓴 남자들도 자주 그려 넣었다고 한다.

그녀는 2016년 세계 무형 유산 등록을 위한 '제주 해녀 프로젝트'에 참여하였다. 제주 해녀의 이야기를 담은 동화책『엄마는 해녀입니다』를 간행하기도 하였다. 한국 사람들조차 무심히 보아온 제주 해녀의 생활과 삶을, 애정을 가지고 기록하고 영상으로 찍고 동화책으로 엮은 그녀의 따뜻한 인간미가 경탄스럽다. 한국인이 해야 할 일을 외국인이 하다니, 나는 한국인으로서 그리고 문학인으로서 심히 부끄러웠다.

문득, 〈당신을 위한 장미 한 다발〉 앞에서 나는 멈추어 섰다. 머리에 노란 꽃을 단 여인이 코를 벌름거리고 함박웃음을 웃으며 가슴 한가득 두 팔로 빨간 장미 한 다발을 깊숙이 안고 있었다. 도슨트가 에바 알머슨에게 있어서 "사랑은 장미의 가시까지도 포용하는 것"이라고 설명해주었다.

아하! 그렇구나. 고통 없이 피는 꽃이 어디 있겠으며, 흔들리지 않고 피는 꽃이 어디 있으랴. 당연히 사랑하는 사람의 가시까지도 껴안아야 하지 않을까. 사랑하는 사람의 고통과 상처와 가시까지도 수용할 수 있어야 성숙한 사랑으로 성장하리라. 때로는 그 가시가 견딜 수 없이 아프고, 감당하기에 벅차고 힘들지라도, 삶은 견디는 것이니까, 사랑도 견디는 것이니까, 견뎌내야 하겠지. 그러다 보면 세월이 흘러가고 뾰족뾰족 올올이 까슬거렸던 가시도 무뎌져 평화와 편안함으로 충만되는 시간도 다가오리라.

영화 〈황금연못〉의 남편, 괴팍하고 표현에 서툰 노면 같다고 꼬집었던 남편과의 결혼 생활도 올해로 38년째로 들어서고 있다. 어느덧 우리는 경계선을 넘지 않으려고 노력하고, 가능하면 간섭하지 않으려고 애쓴다. 있는 그대로의 모습을 그냥 수용하면서 서로에게 거리 두기를 시작했다. 적지 않은 세월을 동행하면서 우리도 이만큼 성숙해진 것일까. 톨스토이는『안나 카레니나』의 레빈을 통해서 "발전과 변화와 성장이 없는 사랑은 진정한 사랑이 아니다."라고 말했다.

어느 날 내가 좋아하는 경복궁 돌담길을 걷다 불교 서점에 들어섰다. 거기서 '당신은 웃어요, 내가 꽃으로 필게'라고 새겨진 작은 한지 액자를 발견했다. 사가지고 집에 돌아와 남편 방문에 걸어주려고 했더니, 굳이 내 방에 걸어두라고 다시 남편이 가지고 왔다. 아니라고 서로 왔다 갔다 하기를 거듭하다가 결국 책장 속에 세워두고 말았다.

내가 꽃으로 피려고 수고하고 고통을 감내할 테니, 당신은 웃어요. 이 얼마나 아름다운 글귀인가. 우리도 이만큼 서로를 배려하고 서로를 아끼게 되었다는 의미일까. 이제 우리는 밥상머리에서 서로의 죽음을 대비하면서 모든 면에서 독립적으로 살아가자고, 이별을 연습하자고 자주 말하곤 한다.

평균 수명이 길어졌으니 아직 죽음을 대비하기에는 너무 이른 나이인지도 모르겠다. "혼자가 될 수 있다면 결혼은 행복한 것이다."라고 작가 은희경은 단편「연미와 유미」에서 말했다.

서로가 서로에게 자유를 주고 독립적으로 살아갈 수 있다면, 결혼은 행복으로 가는 행운의 열쇠가 될 수 있을까. 그것이 과연 가능할까. 이 나이에도 여전히 의문이다.

그럼에도 불구하고 나는 '당신을 위한 장미 한 다발'을 가슴 깊숙이 안고 살아갈 것이다. 어차피 부부는 한 나무에 뿌리 내리고 있는 공동 운명체니까. 혹시라도 구부러진 길 저쪽 어딘

당신은 웃어요, 내가 꽃으로 필게

가에 어둠이 깃들어 있을지라도, 절망하지 않고 숨 고르기를 하면서, 발밤발밤 신의 등불을 향해 나아갈 수 있도록 손을 잡고 싶다. '당신은 웃어요, 내가 꽃으로 필게'라고 읊조리면서.

큰할아버지의 시비를 따라가다,
통일의 길목에 서서

현숙(賢淑). 어질고 맑다. 나는 내 이름을 좋아한다. 한학자이시며 한시인이셨던 큰할아버지께서 지어주신 이름이다. 내 나이 또래에는 '현숙'이라는 이름이 너무 많다. 아마도 뜻이 좋아서 그러하리라. 다행히 성이 장가여서 '장현숙'은 정말 드물어서 더 좋다. 나는 어려서부터 내 이름처럼 어질고 맑게 살려고 노력해왔다. 그런데 남들이 평가하는 나의 모습은 어떨까? 엄마는 내가 마냥 착해빠지고 말이 없어서 답답하다고 말씀하셨다. 어떤 사람은 나의 첫인상을 냉정하고 무섭게 보았다고도 말한다. 학생들은 나에게 가을 하늘에 하늘거리는 '코스모스'라고 별명을 지어주기도 했다.

코스모스 피는 강둑을 따라가면 아버지의 고향인 영덕군 강구면 소월리에 닿을 수 있다. 넓은 바다로 흘러드는 강 하구에는 소나무 한 그루가 외로이 서 있었던 기억이 있다. 맑고 깊은 소월천에는 작은 고기 새끼들이 살랑살랑거리고 그 강을 건너면 모래사장이 하얗게 비단 같은 살결을 내어주고 있었다. 자박자박 작은 내를 건너면 그곳에는 땅콩밭이 넓게 펼쳐져 있었다. 어린 마음에 줄줄이 딸려 나오는 땅콩 새끼들을 신기해하며, 비릿한 생땅콩을 오물오물 먹었던 아름다운 기억이 있다.

큰할아버지댁 앞으로는 소월천이 흐르고 뒤로는 작은 산이 병풍처럼 둘러싸여져 있었다. 어느 가을 등잔불 밑에서 사각 이불을 가운데 두고 여러 명이 빙 둘러 누워서 발만 넣고 잤던 기억이 아슴아슴 눈에 선하다. 그곳에는 방아깨비처럼 생긴 디딜방아도 있었고 커다란 개도 있었다. 큰할머니께서는 우리가 가면 고소하고 노란 찐쌀을 바가지 한가득 주시곤 했다. 그래서 나에게 강구는 아물아물 물안개가 피어오르듯 포근하고 아련한 그리움의 공간으로 자리하고 있다.

할아버지의 형님인 큰할아버지께서는 강구에서 한 학자로서 책을 읽으시고 한시를 지으셨다. 엄마의 말씀에 의하면 비가 와서 지붕에서 물이 새어 방에 떨어져도 상관 않고 소리 내어 글만 읽으셨다던 큰할아버지. 그 큰할아버지의 외모를 내가 많이 닮았다고 한다. 큰할아버지의 문재를 닮았으면 좋았으련만. 어쩌

면 좋은 시인이 되었을 수도 있었을 텐데. 큰할아버지 "장두병 선생(1899~1980)은 인동 장씨 흥해파 28대 손으로, 호는 천재(川齋)이다. 선생은 한학자이며 한시인으로 관직에 욕심 없이 평생을 시와 서예로 학처럼 고고한 삶을 누리며" 살았다고 영덕읍 창포리 해맞이 공원에 세워진 시비에 적혀 있다.

큰할아버지의 시비를 따라가다, 통일의 길목에 서서

큰할아버지께서는 이승만 대통령 재임 당시, 60년 만에 개최한 정부 주최 개천절 경축 제1회 전국한시백일장(1957.10.3)에서 장원으로 대통령상을 수상하셨다. '대한뉴스' 영상 자료에서 큰할아버지께서 한시를 제출하는 장면과 큰할아버지의 장원을 축하하기 위해 사람들이 꽹과리치면서 강구 소월천 강둑길을 걸어가는 장면을 봤던 기억이 있다. 큰할아버지께서는 영친왕 환국 기념 전국 한시 백일장 등 수없이 장원에 입상하였으며, 유고시집 여섯 권을 남기셨다. 큰할아버지의 한시 중에는 「임란사 독후감」 「봄이 고궁에 돌아왔다」 「남북통일」 「안중근 의사 추모시」 「3·1절 기념」 「충렬사」 「조국통일을 염원함」 「이북동포를 위로함」 「백범 김구 선생 추모시」 「바다구경」 「독도」 「신라문화제」 등 한민족의 통일과 민족의식 고취를 주제로 한 한시들이 많이 있다.

특히 「임란사 독후감(讀壬亂史有感)」은 분단의 벽을 허물고 통일의 염원을 이루고자 하는 큰할아버지의 민족의식과 나라 사랑이 잘 드러나 있다.

지난 일 분명하다 우리 역사 속에

임진란 많은 전투 현인, 충신 몇이런가

국란으로 어지러운 그때 일 진실로 알겠노라

큰 변란 돌이켜보니 꿈속에도 서글프도다

노량해전 통제사의 큰 공훈 뚜렷하고

의주 압록강 통곡 임금님의 한탄일세

옛날엔 왜적 오늘날엔 적색분자들

이 나라 통일엔 그 누굴 믿을 건가

往事昭然我史中	龍蛇百戰幾賢忠
信知板蕩當時亂	回憶滄桑感夢空
鷺海殊勳新統制	龍灣痛哭舊行宮
古之倭賊今蘇共	統一韓邦賴孰雄

위 시에서 볼 수 있듯이 "임진왜란에서는 이순신 장군이 있었는데, 오늘날엔 그 누가 있어 민족의 통일을 이룰 것인가."라는 과제는 2019년, 오늘에도 여전히 유효하다. 6·25전쟁이 발발하고 분단이 된 지도 어언 66년으로 접어들고 있다. 그동안

남북으로 나뉘어 오도 가도 못 하고 헤어진 이산가족들도 세상을 거의 떠났다고 한다.

　내 아버지의 작은형님도 대학 시절, 고모 집에 가다가 붙잡혀 북한으로 끌려가셨다고 한다. 아버지는 연변에 거주하며 북한을 드나드는 기자에게 부탁하여 작은아버지의 생사와 거처를 알아내기 위해 오랜 기간 노력하셨다. 그런 어느 날, 1998년경이라고 기억된다. 아버지는 누런 갱지에 쓴 작은아버지의 편지를 받고 대성통곡을 하셨다. 그리고 아버지는 미국에 사는 큰아버지와 함께 연변에 가서 작은아버지를 만나 백두산까지 다녀오셨다고 했다. 삼형제가 선글라스를 끼고 함께 찍은 사진을 아버지는 자랑스레 나에게 보여주셨다. 아버지의 작은형님은 청진에서 수산대를 졸업하고 원양어선을 탔다고 한다. 4남매를 두었으나 큰아들이 결핵으로 돌아갔다는 편지를 아버지에게 보내왔다. 결핵약이 없어 고칠 수가 없었다고 한다. 그 후 아버지가 뇌졸중으로 쓰러지시고 북한에 계신 작은아버지와의 연락도 두절되고 말았다.

어쩌면 아버지의 가족사는 우리 민족 전체의 가족사이기도 할 것이다. 누구 때문에, 무엇 때문에 이들은 이산의 고통을 견뎌야 하는 것일까. 트럼프 대통령과 김정은 위원장의 정상회담이 결렬되어 교착 상태가 지속되고 있는 요즈음, 새삼 큰할아버지의 한시가 마음 깊이 다가온다. 민족이 하나 되는 통일의 시대는 과연 올 것인가.

제주 마라도에서 부산을 거쳐 7번 국도를 타고, 내가 태어난 포항과 아버지의 고향인 영덕을 들러 강릉을 거쳐 원산과 함흥을 지나 작은아버지가 살아 계실지도 모르는 청진과 나진을 지나 블라디보스토크로 가서, 시베리아 횡단열차를 타고 모스크바를 경유하여 상트페테르부르크를 지나 유럽으로 여행하고 싶다. 어서 회담이 재개되어 금강산도 가고 서로 자유롭게 왕래라도 하면 좋겠다.

이번 여름방학에는 큰할아버지의 시비를 찾아 아버지의 고향인 영덕으로 가보고 싶다. 그곳에서 큰할아버지의 민족혼과 통일에의 염원을 함께 나누고 싶다. 통일의 길목에 서서, 임진

강에 우리의 소원인 통일의 연등을 띄우고 싶다. 유구한 한민족 역사의 물줄기가 면면히 흐르고 있는 압록강 어딘가에 다다르기를 기원하면서.

별을 찾아 떠나가신 그분, 황순원 선생님

　　어둡고 차가운 밤하늘을 화안히 밝혀주는 북극성. 북극성처럼 나에게 삶의 지표가 되어주셨던 황순원 선생님. 그분과의 인연은 어쩌면 필연적인 숙명이었는지도 모른다.

　중학교 시절의 어느 늦은 저녁, 아버지께서는 술 한잔을 걸치시고 창우사에서 발간한 『황순원전집』 6권을 사 들고 오셨다. 전집을 선물 받은 것은 처음이라 나는 그 책들을 순식간에 읽었던 것 같다. 아마도 아버지께서는 한국문학에 빠져 소설을 마구잡이로 읽어대는 나에게 작은 선물을 하고 싶으셨던 것일까, 아니면 아버지가 가지신 문학적 감성을 딸과 함께 공유하고 싶으셨던 걸까. 어쨌거나 나는 그때 처음으로 황순원이란 작가를 내 마음속으로 깊이 받아들이게 되었을 것이다. 문학에 대한 탐닉은 고등학교에 들어가면서 더욱 심해져서 수업 시간에도 선생님 몰래 책상 밑에서 『바람과 함께 사라지다』 『전쟁과 평화』 『죄와 벌』 『개선문』 등 세계문학을 섭렵했다. 또 그 당시에는 여고생들에게 이상의 시처럼 글자를 모두 붙여서 친구들에게 편지 쓰는 것도 유행하고 있었으며, 세계문학을 읽는 것도 유행이었다. 그래서 친구들끼리 개선문을 읽고 라비크, 칼바도스를 외치며 잔을 부딪치는 흉내를 내곤 했었다. 아마도 나의 문학적 기반은 중고등학생 때 읽은 문학 서적의 덕택이리라 본다.

이렇게 중학생 때 소설을 통해서 만났던 황순원 선생님과의 인연은 경희대학교 입학시험장에서 다시 연결되고 있었다. 당시 경희대학교 입시는 2차에 있었다. 1차에서 낙방의 고배를 마신 나에게 재수는 엄두가 나지 않았다. 암기를 싫어했던 나는 고등학교 내내 달달 외우는 입시 공부를 왜 해야 하는지 매우 회의적이었다. 결국 재수를 포기하고 황순원 선생님과 조병화 선생님이 계시는 경희대 국문과에 지원하게 되었다.

입학시험을 보느라 나는 고개를 숙이고 있었다. 그때 검정 외투를 입은 감독관이 내 턱을 치켜올렸다. 나는 너무 놀라 당황했고 곧이어 분노가 치밀어 올랐다. 뭐야, 고개를 들라고 하면 될 일이지 남의 턱은 왜 치켜올리는 거야! 나는 그때부터 화가 나서 시험을 제대로 치르지 못하고 말았다. 당시 내가 다니던 이화여고는 머리를 땋고 있었기 때문에, 긴 머리를 묶은 나의 얼굴과 단발머리 수험표 사진이 달라 감독관이 무심코 확인 차 그리했으리라 이해는 가지만, 당시에는 너무 불쾌하여 참을 수가 없었던 것이다.

분노와 불쾌감을 억누르고 면접에 들어갔을 때 거기에서 나는 다시 검정 외투의 감독관을 다시 만났다. 감독관은 나에게 꼭 합격하면 좋겠다고 다정하게 미소를 지으셨다. 지금 돌이켜 보면 어쩌면 황순원 선생님의 따님이 다닌 이화여고를 내가 졸업했기 때문에 더 합격을 기원하셨는지도 모르겠다. 그때 나는 그 감독관이 황순원 선생님이라고는 꿈에도 생각하지 못했다. 이렇게 나와 그분과의 첫 대면은 이루어졌고 이 일은 내 인생에서 중요한 한 획을 긋게 했던 계기가 되었다.

　국문과에 진학하고 나서 나는 드디어 그때 시험장에서의 일을 말씀드리고 마음의 응어리를 풀어야겠다고 마음먹었다. 그리고 서정범 교수님의 연구실로 찾아갔다. 서정범 교수님께서는 나의 얘기를 다 들으시더니, "나는 시험 문제 내느라 입시 감독관에 들어가지 않았는데?" 하고 눈을 동그랗게 뜨셨다. 아뿔싸, 내가 체구가 자그마한 두 분을 착각했구나. 그 일 이후로 나는 감독관이 황순원 선생님이라는 사실을 인지하게 되었다. 황순원 선생님 강의를 듣고 선생님이 나를 제자로서 예뻐해주셨을 때, 나는 차마 입시장에서의 일을 말씀드리지 못했다. 내가 존경하는 선생님께서 자책하실까, 오히려 상처를 받으실까 걱정이 되었기 때문이다.

　이 일에 대한 고백은 내가 대학원 석사 과정에 들어가서야 선생님께 말씀드릴 수 있었다. 선생님께서는 "내가? 나는 입시 때 그런 일이 없도록 무척 신경 쓴다고 했는데……"라고 하시면서 미안하고 겸연쩍은 웃음을 줄곧 짓고 계셨다. 그리고 내가 자존심이 강하다고 말씀하셨다. 그리고 이 일은 황순원 선생님의 소설『신들의 주사위』에서 진희의 에피소드로 고스란히 형상화되었다. 이렇게 유쾌하지 않았던 선생님과의 첫 대면에 얽힌 일화는 존경하는 선생님 작품 속으로 육화되는 운명적 아이러니를 맞게 되었다. 나 역시 오랜 기간 동안 선생으로서 학생들에게 상처 주지 않으려고 노력하지만 본의 아니게 그들에게 상처를 주었을 것이다. 그래서 지금도 나는 학생들의 발음을 교정시켜주고 글쓰기에 대해 지적하면서도 학생들에게 상처 받지 말라고 신신당부를 한다. 학생들의 발전을 위해서라고. 그럼에도 나도 때로는 말실수를 했을 것이고 화도 내었을 것이다. 나도 인간이므로. 이렇게 나는 스스로에게, 또 제자들에게 용서를 구하는 것이다.

40여 년의 세월을 거슬러 선생님과 나누었던 시간들. 그 시간들은 변함없이 나에게 따뜻한 온기로 다가온다. 어린 시절 추운 날 김이 모락모락 나는 호빵을 먹을 때의 그 달콤함이랄까. 선생님께서는 언제나 나를 지그시 바라보시다가 "소설 안 써?"라고 물으시곤 하셨다. 나 역시 미소 짓다가 "용기가 없어서요"라고 같은 말만 되풀이하곤 했다. 그리고 마음속으로는 "복잡하고

별을 찾아 떠나가신 그분, 황순원 선생님

힘들게 살고 싶지 않아요"라고 은밀히 독백했다.

중고등학교 시절, 안개 속을 헤집으면서 존재에 대한 두려움, 미래에 대한 불안감, 성격 연구 등으로 내면 속에서 치열하게 충돌하는 갈등들을 글로 표현한다는 것이 두렵기도 하고 부끄럽기도 했다. 그리고 무엇보다도 복잡한 나의 내면이 싫었다. 나는 삶을 단순하고 편안하게 살고 싶었다. 작가가 되려면 언제나 소외된 자들과 아픔을 같이해야 하고 삶을 예리하게 바라보아야 하고, 사회에 대해 비판적인 시각을 드러내야 한다. 그러니 어찌 내가 작가가 될 수 있었겠는가. 그럼에도 불구하고 좋은 작품을 읽을 때면, 이런 글을 단 한 편만이라도 내 생애에 쓸 수 있으면 좋겠다는 열망을 가슴속에 숨겨두곤 했다.

대학 2학년 때였던가. 조병화 선생님 시화전이 종로에서 열리고 있었다. 시화전 구경을 하고 돌아오다 황순원 선생님은 종로에 있는 어느 선술집으로 들어가셨다. 빈대떡과 막걸리를 시키신 후 막걸리를 한 사발 천천히 드셨다. 그러고는 느닷없이 선생님께서는 "부부 관계란 더러운 게야" 하고 독백처럼 말씀하셨다. 스무 살밖에 안 된 어리다면 어린 나이임에도 불구하고 왜 그리 그 말씀이 실감 나게 다가오던지…… 지금 생각해보아도 그런 나 자신이 이해가 되지 않는다.

그후 20여 년 세월이 흐른 1990년대 후반, 선생님께서 주로 댁에서 칩거하던 시절이었다. "선생님, 짧은 단상이라도 쓰시면 좋을 텐데요……" 하고 내가 조심스레 말씀드리면, "완성도가 떨어지는 작품을 쓸 바엔 안 쓰는 게 나아" 하고 선생님께서는 단호히 말씀하셨다. 그 시절 선생님께서는 신앙심이 무척 깊어지셔서 아침저녁으로 기도도 열심히 하셨고, 두 손을 모으고 어눌한 발음으로 나의 가족을 위해 식사기도도 간절히 해주시곤 하셨다. 그즈음 나는 『황순원 문학 연구』를 출간하고 있었고, 어느덧 선생님의 연구자로 돌아가서 질문하고 있었다. "선생님께서는 아직도 『움직이는 성』에서 말씀하셨듯이, 불완전한 신이 인간의 고통을 보며 절대 선으로 나아간다고 생각하세요?" 하고 질문드렸다. 그러자 선생님께서는 "신은 완전한 선"이라고 수정해서 말씀하셨다. 이어서 나는 "선생님, 아주 오래전에 저에게 부부 관계란 더러운 게야, 하셨던 말씀 기억나세요?" 하였더니, "내가? 모르겠는데……" 하고 쑥스럽게 웃으셨다. 나는 "그럼 지금은 부부 관계란 어떤 관계라고 생각하세요?" 하고 다시 질문 드렸다. 잠시 선생님은 생각하시더니, "부부 관계란 신비한 관계야" 하고 진지하게 말씀하셨다.

아! 그렇다. 때로는 더럽고 치사하고 밉고, 서로를 보기 싫어하는 부부들도 나이가 점차 들면서 연민의 감정을 가지게 된다. 그래서 많은 부부들이 세월을 함께하면서 서로를 가여워한다. 선생님의 부부 관계도 갈등의 관계를 지나 드디어는 신비한 관계가 되어버렸나 보다. 첫 만남과 마지막 만남 사이에서, 서걱이는 모래벌판에서 별을 찾아 나아가듯, 그렇게 영혼과의 교유를 통해서, 선생님도, 나도 각자의 상처를 치유하고 있었던 세월이 아니었을까. 그렇게 세월은 용서와 치유의 시간을 가져다주고 그 속에서 너 나 할 것 없이 우리들은 성숙했을 것이며, 타인과의 관계 속에서 진정한 자신의 모습을 깨달을 수 있었을 것이다.

대학원 1학기 때였던가. 문학과지성사에서 발간된 세로판 전집을 다시 가로판으로 편집할 때, 나와 상기숙 선생(현 한서대

중문과 명예교수)은 자주 선생님 댁으로 가서 교정을 봐드렸다. 저녁때가 되자 사모님께서 서둘러 귀가하시는 소리가 들렸다. 내가 "선생님, 사모님께서 선생님을 많이 사랑하시는가 봐요"라고 하자, 선생님께서는 씨익 웃으시기만 하셨다. "교회 다녀오시나 봐요" 다시 내가 말하자 또 씨익 웃으시더니 "남편만 믿어서는 안 되겠다고 생각했나 보지" 하고 턱을 쓰윽 쓰다듬으셨다. 그래서 상기숙 선생과 나 그리고 선생님 모두 미소 지을 수 있었다. 그 말의 속뜻을 황순원 문학의 연구자로서 그즈음 문득 깨달은 바 있었던 것이다.

선생님께서는 내게 늘 자상하셨다. 선생님 댁에서 교정 작업을 하던 때, 약속 시간에서 5분이라도 늦을라치면 현관에서 "5분 늦었어" 하시며 짐짓 화난 척하시며 문을 열어주셨던 선생님. 우리가 돌아갈 때는 매번 차편이며 길을 꼼꼼히 살펴주시던 자상함을 보여주셨다. 선생님보다 먼저 이승을 떠난 원응서 선생님을 위하여, '마지막 잔'을 바치는 따뜻함과 진정성을 가지신 선생님.

그러나 때로는 단호하고 엄격함을 가지신 선생님이셨다.

1994년 내가 「황순원 소설연구」로 박사학위를 취득해 제일 먼저 박사논문을 가지고 선생님 댁에 갔던 날. 단편 「소나기」를 다룬 주석에서 오류가 발견되었다. 기존의 어느 논문에서 쓰였던 대로 단편 「소나기」의 초고는 당시 숭실중학교 2년 선배인 김현승 시인의 추천으로 발표되었다고 주석에서 잘못 붙였던 것이다. 선생님께서는 "내가 왜 김현승 시인의 추천을 받아" 하시며 크게 노하셨다. 옆에 계셨던 사모님께서도 어쩔 줄 몰라 하셨다.

당황한 나는 그 달음으로 문방구로 뛰어가서 주석 한 줄을 하얗게 지우고서야 박사논문을 드릴 수 있었다. 선생님께 처음으로 꾸지람을 듣는 순간이었다. 수년간 고생해서 박사논문을 완성한 최고의 기쁜 순간에 선생님으로부터 칭찬을 기대했었는데, 눈앞이 깜깜해지고 있었다. 지금도 나는 그때 생각을 하면 가슴이 서늘해진다.

그후 시와시학사에서 『황순원 문학연구』를 간행하여 선생님께 드리자, "수고 많았어" 하고 흡족한 미소를 지으시며 고개를 크게 한번 끄덕이시며 꼭 한마디로 격려해주셨다. 그리고 책을 선생님 서가에 꽂으셨다. 지금은 '소나기마을' 황순원문학관 내에 선생님 서가가 그대로 옮겨져 시와시학사에서 출간한『황순원 문학연구』초판본이 꽂혀 있다. 나는 선생님의 이러한 단호함과 엄격함이야말로 일제 치하의 긴 세월 속에서 훼절하지 않고 자신을 지킬 수 있었던 원동력이 되었으리라 확신한다.

1990년대 선생님께서는 주로 댁에서 가벼운 산보를 하시면서 지내셨다. 왜냐하면 절친했던 친구들 원응서, 이원수, 김이석, 선우휘 선생님들이 일찍 돌아가셨기 때문이었다. 그래서 어느 날 나는 상기숙 선생과 함께 선생님을 모시고 광릉 수목원으로 나들이를 갔다. 선생님과 사모님과 함께 찍은 많지 않은 사진 중의 하나가 나중에 푸른사상사에서 재출간한『황순원 문학연구』속에 들어가 있다. 선생님께서는 편지도 사진도 남기고 싶어 하지 않으셨다. 그래서 선생님께 편지를 드려도 답장 받을 생각은 하지 말라고 하셨다. 사후에 작가일기가 일반 독자에게 공개될 것이라 생각해 일기와 편지, 엽서를 거의 쓰지 않으신다던 선생님. "나중에 공개될 것을 염두에 둔 일기가 진실할 수 있겠어?' 하시며 피식 웃으시던 선생님. 이렇게 선생님의 준엄함과 결곡함이 있었기에 오늘날 황순원 문학이 한국 문학사에서 의연히 서 있다고 나는 믿는다.

1984년, 고희를 맞이하신 황순원 선생님께 서정주 시인은, "학 두루미나 두어 마리/가끔 내려와 쉬는/산골 길의 낙락장송 같은 그대"라고 칭송하셨다. 36년 동안의 일제 치하에서도 "다스려져 가는 질화로의 재를 몇 번이고 돋우어 올리며" 조상의 얼과 숨결을 찾으며 희망의 끈을 놓지 않으셨던 그분. 제5공화국의 엄혹한 시대에서도 창비가 폐간되자, 이에 누구보다도 먼저 항의한 분. 그의 올곧음은 가히 우리 민족에게 귀감이 되고도 남을 것이다. 정치적 불안감과 폭력성이 지배하던 1980년대, 최루탄 냄새를 맡고 쓰러지셔서 경희의료원에 입원하시고, 소주를 매일 드셔서 위에 구멍이 뚫리자 비로소 마주앙으로 소주를 대신하셨던 선생님. 유신시대의 살벌함 속에서도, 6·25전쟁의 광폭함 속에서도, 일제 치하의 절망 속에서도, 명멸하는 불씨를 내면 속에서 일구며 생명의 소리에 경건하게 고개숙이셨던 그분. 그렇게 선생님은 눈 속에 파묻혀 뿌리를 내리고 새순을 틔우는 쑥부쟁이처럼 험열한 삶의 역경을 딛고 올곧게 자신을 지켜내셨던 것이다.

모래와 별 사이, 현실과 이상 사이에서 끊임없이 갈등하면서도 궁극적으로는 별을 향해 나아가셨던 분. 문학의 틀 속에 자신을 가두지 않고 끊임없이 자유를 향해 실험하셨던 분. 선생님의 삶은 이렇게 당신의 작품 속에서 구체화되었던 것이다.

말년에 선생님께서는 자식에게 폐 끼치지 않고 고통 없이 잠자듯이 돌아가게 해달라고 간절히 하나님께 기도하셨던 그대로, 2000년 9월 14일, 밤하늘의 빛나는 별을 찾아 영면하셨다. 생각해보면 선생님은 다복하셨다. 모성성과 생활력이 강했던 사모님, 그분의 사랑과 보살핌이 없었다면 선생님의 삶은 어떠했을까. 선생님을 위해 항상 깨끗한 정수기 물과 우유를 시간에 맞춰 드리고 백내장에 걸리지 않게 하루 몇 차례 안약을 넣어주셨던 사모님의 사랑이야말로 황순원 선생님이 청정한 소나무로 서 있게 한 원동력이 아니었을까.

선생님께서 돌아가시고 내가 푸른사상사에서 재출간한『황순원 문학연구』를 가져다드리자 "선생님 사진과 책 표지를 한

꺼번에 볼 수 있어서 너무 좋다"고 하시며 선생님 사진을 쓰다 듬으시던 사모님. 사모님은 선생님이 돌아가시고 어느 해 선생님 추모식에 참석하셨다. '소나기마을'에서 추모식을 마치고 파하려 할 때, 사모님께서는 "나 한마디 말해도 될까요?" 하셨다. 모두들 놀라서 "그럼요" 하자, 사모님께서는 당신의 사랑과 영광을 작가에게 돌렸다.

"저는 황순원의 아내가 된 것을 무한한 영광이라고 생각합니다. 우리는 고등학교 문예부 대표로 만나 연애를 했지요. 그런데 결혼하려고 하자 친정에서 반대를 했어요. 첫째는 몸이 약하다는 점이고, 둘째는 창씨개명하지 않았기 때문이지요. 선생님은 상사병이 나서 앓아눕게 되셨고 보다 못해 친정에서 허가를 했습니다. 엄혹한 일제 치하에서도 선생님은 순우리말로 몰래 소설을 쓰셨습니다. 저는 그분을 존경합니다. 이제 여러분들의 도움으로 소나기마을이 만들어졌고 황순원문학관이 개관되어 말할 수 없이 기쁩니다."라고 말씀하셨다. 우리는 모두 선생님을 그리워하며 큰 박수를 사모님께 드렸다. 아마도 선생님께서는 하늘나라에서 우리를 지켜보시며 빙그레 웃으셨으리라.

황순원 선생님의 아드님이신 황동규 시인이 사모님께서 황순원문학관 개관식에 가시려고 하자, "연로하신데 뭐 하러 가시려고 하느냐"고 했다고 한다. 그러자 사모님은 "내가 황순원 아내인데 내가 안 가면 누가 가겠느냐"고 대로하시고 참석하셨다고 전해진다. 모성성이 강해 장한 어머니로 상을 받으셨다는 사모님. 상기숙 선생과 교정 보러 갈 때면 사모님께서는 차가운 고기육수에 원조 평양냉면을 말아주시곤 하셨다. 녹두빈대떡과 함께. 그 평양냉면의 맛깔스러움은 결코 잊을 수 없다. 이제 사모님께서도 2014년, 사랑하는 선생님 곁으로 돌아가셨다. 향년 99세였다.

누구보다도 생명의 존엄성과 자유정신과 실험정신이 강했던 선생님. 전쟁의 갈등과 상처에서 벗어나고 싶어 쓰셨다는 단편 「소나기」는 이제 '소나기마을'로 새롭게 태어나게 되었다.

이제 새봄이 되면 '소나기마을' 여기저기에서도 꽃이 피리라. 진달래도 피고 개나리, 벚꽃, 목련도 피리라. 그러면 선생님이 꽃과 독백하면서 삶에 순응하고, 죽음에 순응하고, 자연에 순응하고, 신의 뜻에 순응하였듯이, 나도 삶과 죽음과 자연에 순응하고 신에게 나아가리라.

꿈에

하늘이 푸르른 가을이 오면 둥실둥실 보름달이 밝다. 한가위 밑이라 작은 선물과 술 한 병을 사들고 선생님 댁으로 향했다. 선생님 댁으로 가는 길은 멀고도 가까웠다. 천안에 있는 시마을 같기도 하고 선생님 고향인 병천인 것 같기도 했다. 선생님 댁에는 가까이 지내는 후배도 있었고 오래된 제자도 있었다. 해 저무는 가을 산자락이 붉게 물들자 이내 어둑어둑해지며 아련한 슬픔을 머금고 있었다. 개와 늑대의 시간. 선생님께서 식사하자며 나오셨는데 웬일인지 제자들이 뿔뿔이 흩어져 사라지고 나만 남아 무춤거리며 서 있었다. 다들 어디로 가버린 걸까. 선생님께서도 당황한 기색이 역력하셨다. 그리고 슬픈 낯빛을 하시고는 나에게 손을 내미셨다. 선생님께서는 나를 위로하는 따뜻한 말씀을 건네시며 이별을 슬퍼하셨다. 그리고는 길이 보이지 않을 때까지 나를 배웅해주셨다.

선생님께서는 내가 선생님을 찾아뵙고 연구실을 나갈 때면 언제나 문밖까지 나오셔서 고개를 깊이 숙이시며 인사하시고 배웅해주신다. 아랫사람에게 보내는 인사가 멋져 보였다. 그래서 나도 가능하면 제자들이 연구실에서 나갈 때면 문밖까지 나가서 배웅해주곤 한다. 이퇴계 선생님께서 상하 신분의 구별 없이 모든 손님을 공경했듯이.

집으로 가는 길은 환상 방황처럼 도무지 분간이 되지 않았다. 어둠은 점차 짙어오고 마음은 불안해져갔다. 택시 환승장을 겨우 찾아갔다. 짙은 블루로 단장한 택시 하나가 내 앞에 서 있었다. 그런데 택시기사가 남루한 옷을 입은 어린아이에게 빵 사 먹으라고 돈을 주고 있었다. 아마도 고아인 듯 보여서 애처로웠나 보다. 아이는 신나하며 함빡 웃음을 웃었다. 그때 동전 하나가 데굴데굴 굴러 나에게로 왔다. 주워보니 아주 오래된 엽전이었다. 조선시대에서나 볼 수 있었던 구리로 만들어진 엽전. 그런데 눈썹이 짙은 그를 어디선가 본 듯도 하였다. 지난번에도 같은 장소에서 그는 빵을 봉지 한가득 사서 아이들에게 나누어주고 있었다. 그의 이마와 얼굴은 선한 웃음으로 빛나고 있었다. 그도 나를 알아보았는지 나에게 어서 타라고 하며 들떠했다. 그는 친구에게 전화해서 일전에 만났던 그녀를 만났다고 어찌하면 좋을까를 묻는다. 그의 친구는 얼른 택시 안에 걸려 있는 옛 애인 사진을 치우라고 조언한다. 그는 옛 애인의 사진을 힐끗 보고 급히 사진을 치운다. 그는 나에게 아무런 질문도 하지 않았다. 나 역시 그와 아무런 대화를 하지 않았다. 목적지인 성남시에 도착했다. 내가 내리려고 하는 사이에 남녀 손님이 타려고 한다.

나는 그에게 아무 말도 못 하고 내릴 준비를 하였다. 저 손님들과 동승해야 하나? 아니면 일단 내려서 책 읽고 있을 테니 손님들을 데려다주고 오라고 해야 하나? 순간 망설였다. 적어도 그는 나누어줄 줄 아는 사람이기 때문에 그의 인격에 대한 신뢰가 생겼다. 그래서 그를 만나도 좋다고 생각했다.

그때 다리에 쥐가 났다. 눈을 뜨니 새벽이었다. 꿈결에서도 복식호흡을 길게 서너 번 했더니 다리의 통증이 가라앉는다. 이렇게 나는 꿈에서 현실로 돌아왔다.

오늘은 하루 종일 힘들었다. 이틀 후에 한가위가 다가온다. 한가위에 아들 내외와 함께 먹을 스테이크를 사기 위해 가락시장으로 향했다. 나는 명절 때면 가장 간단하게 먹을 수 있는 안심스테이크를 준비한다.

왜 굳이 송편과 전과 동그랑땡 같은 음식을 모든 집에서 똑같이 먹어야 하나. 차례를 지내기 위해서라면 어쩔 수 없이 간소하게 마련해야 하겠지만, 차례를 지내지 않는 경우에는 굳이 획일적으로 똑같은 종류의 음식을 먹어야 할까. 아니 솔직히 말하면 나는 차례상을 차리기 위해 명절 이틀 전부터 시댁에 가서 하루 종일 음식 만들고 설거지하는 등의 일에 질려버렸는지도 모른다. 그래서 나는 며느리에게 명절 당일에 와서 준비해둔 스테이크 구워 먹고 설거지도 하지 말라고 한다. 며느리가 가고 난 후 내가 세척기에 간단히 돌리면 되니까. 그 시간에 차라리 서로 이런저런 근황에 대해 얘기하는 게 더 즐겁다.

동생이 명절 때 남 먹는 거 같이 해 먹지, 언제 전이나 동그랑땡 해 먹겠느냐고 나무란다. 우리 명절이고 전통이니까 할 수 있으면 해도 좋겠는데 너무 시간과 정성이 많이 든다. 그리고 왜 그날 꼭 해 먹어야 되나? 왜 며느리는 일만 해야 하나? 그런 생각이 들어 싫다.

어쨌거나 나는 겉으로 보기와는 달리 획일적인 것을 싫어한다. 주차도 여유 공간이 있을 때는 지정선과 상관없이 넉넉하게 주차시킨다. 여유 공간이 있는데도 지정된 좁은 공간에 주차되어 있는 차들을 보면 숨이 막힌다. 답답하다. 맹꽁이처럼 융통성 없이도 세웠군, 하고 빈정거린다.

이런 성격 탓일까. 옷도 조금은 틀에서 벗어난 모양을 좋아한다. 똑바로 재단된 스커트, 딱 떨어지는 상의 같은 것을 싫어한다. 외모적으로는 이런 얌전한 옷들이 어울리는데도 싫어한다. 사선으로 재단된 스커트, 아래쪽 뒤에 구멍이 나 있는 바지, 밑단이 지그재그로 재단된 상의를 좋아한다. 반면 동생은 나에게 본인한테 어울리는 옷을 입어야지? 하고 핀잔을 준다. 바지 뒤쪽에 난 구멍을 꽉 메워주고 싶단다. 그럼 나는 동생에

꿈에

게 유럽에 가니까 지그재그로 재단된 스커트 많이 입고 다니더라, 얼마나 발상이 자유로우냐? 그림 그린다는 애가…… 쯧쯧, 하고 응수한다.

파리의 지하철을 타보면 대부분 회색 의자가 많은데 가끔 가다가 보라색 의자가 있다든지 노란색 의자가 있다든지 그런 식으로 변화를 준다. 한국 지하철의 손잡이는 모두 노랑이든지 주황이든지 획일적이다. 그림과 클래식을 좋아하는 등 동생과는 공통점도 많이 있지만, 완전히 다른 성격도 가지고 있다. 그래서 제부는 어머님 배는 요술쟁이라고 허허거린다.

어쨌거나 나는 내면적으로 제도권 안에 갇혀 있거나 구속되어 있는 것을 싫어하나 보다. 그러나 어찌 인간이 제도권 밖에서 살아갈 수 있을까. 학교, 결혼, 자식 등도 따지고 보면 나에게 주어진 제도권의 결과물이 아니던가. 그래서 나는 항상 일상을 벗어나 호시탐탐 탈주를 시도하는 것이 아닐까. 나는 오늘도 탈일상과 여행을 꿈꾼다. 제주도 한 달 살이, 피정, 템플스테이 등등.

버스를 타고 가락시장으로 가서 안심스테이크 고기와 장조

림거리, 산적거리를 샀다. 참소라와 가리비도 조금 샀다. 9시 30분에 출발해서 10시 30분에 집에 도착, 청소 30분, 닭죽을 데워 먹고 손보미 작가의 온라인 특강을 들었다. 그녀 역시 학생들에게 좋은 글을 쓰기 위해서는 세계문학 등 고전을 많이 읽어야 한다고 주문했다. "밤이 지나면", 우리는 어디를 향해 나아가야 할 것인가.

저녁 먹거리로 참소라 두 마리와 가리비를 데쳤다. 아들이 좋아할 텐데. 엄마도 걸린다. 아들에게 참소라 먹으러 오라고 하면 귀찮다고 안 오려고 할 것이다. 저녁을 먹는데 남편이 선물로 받은 이강주를 한 잔 권한다. 남편이 우리 아들은 며느리 없이 오면 큰일 나는 줄 알아, 나는 혼자 엄마네 잘 갔는데, 라며 섭섭해한다. 좋지 뭐. 잉꼬부부니까. 둘만 사이좋게 잘 살면 되지. 나는 이렇게 스스로 위로한다. 남편은 예년과 다르게 가을에 대한 느낌이 있다고 말한다. 나는 가을이 오면 쓸쓸해진다고 심상하게 말한다.

새벽에 꾼 꿈을 남편에게 말하면 싫어할까? 개꿈을 뭘 얘기하느냐고. 어제는 돌아가신 친정아버지 꿈을 얘기해주었는데,

오늘 또 꿈 얘기를 하면? 더구나 다른 남자 얘기를 한다고 싫어할까? 괜히 긁어 부스럼 만들지 말고 밀린 수필에서나 풀어내자. 야호, 현실에는 없는 그대라서 좋다.

가을 하늘이 투명하도록 시리다. 가을이 오면 모두들 저마다의 옷깃을 세우고 어디론가 홀연히 떠나가곤 한다. 삼청동 은행나무길이나 창덕궁으로 나들이 가고 싶다. "가을이 오면 눈부신 아침 햇살에 비친 그대의 미소가 아름다워요." 이문세의 〈가을이 오면〉을 흥얼거리며 꿈속의 그대를 소환한다. 꿈속의 그대와는 이별하지 않아도 되니까, 마음대로 사랑해도 되니까 신난다. 현실에 없는 그대라서 더 그립다. 꿈에, "밤이 지나면", 환한 햇살 속에서 그대의 웃음소리만이 남아 있을까. 흩어가는 세월만이 남아 있을까.

눈부시게 찬란했던
내 청춘의 〈광화문 연가〉

　　산다는 일은 보석처럼 빛나는 추억을 소환하는 일이다. 때로는 함께, 때로는 은밀하게. 허공 중에 흩어진 이름일지라도 바람결 따라 우리의 마음에 와닿기를 꿈꾸면서. 풋풋하고 아름다운 추억은 외롭고 쓸쓸한 세상살이에서 삶의 고단함을 견디게 하는 힘이 되어주기도 한다.

　　광화문 네거리에 서면, 켜켜이 쌓여 있던 그리움의 눈꽃들이 보랏빛 라일락꽃으로 만개하기 시작한다. 첫사랑처럼 달콤한 라일락 향내는 나로 하여금 눈부시게 찬란했던 여고 시절을 추억하게 만든다. 오늘도 나는 덕수궁 돌담길을 걸으며 이문세의 〈광화문 연가〉를 흥얼거린다. 나는 이렇게 60대가 되어서 50

여 년의 세월을 거슬러 올라가고 있는 것이다.

광화문 네거리에 서면 왼편에 국제극장이 자리하고 있었다. 나는 데이비드 린 감독의 〈라이언의 딸〉을 여기서 두 번이나 보았다. 아일랜드 독립을 시대적 배경으로 한 이 영화는 유부녀인 라이언의 딸과 영국군과의 비극적 사랑을 탁월하게 묘사해놓았다. 푸른 바다를 배경으로 한 발 한 발 해변에 발자국을 찍어가며 걷는 여주인공의 모습과 적막한 밤하늘에 흐드러지게 피어난 백합꽃의 무리들, 늘 여주인공을 따라다니던 바보의 웃음도 기억난다.

광화문 네거리에 서면 오른편에 서울시민회관(현 세종문화회관)이 자리하고 있었다. 그곳에서 나는 베르디의 오페라 〈춘희〉(라 트라비아타)와 〈방랑시인〉(일 트로바토레), 푸치니의 〈나비부인〉 등을 황홀경에 도취되어 감상했다. 훌륭한 무대 장치와 주옥 같은 아리아 그리고 그것이 환기하는 비극미는 한창 감수성이 풍부했던 소녀를 감동시키기에 충분했으리라.

시민회관 뒤편 작은 골목에는 당주동 냉면과 떡볶이집이 있었다. 새콤달콤하게 버무려진 쫀득쫀득한 면과 꼬들꼬들 씹히던 무의 환상적인 조합은 맛본 사람만이 안다. 간혹 지금도 그곳을 지날 때면 혹시나, 하고 작은 골목길로 접어들어 보지만, 역시나, 없다. 떠나가버린 연인처럼 가슴이 시리다.

시민회관 위쪽으로 새문안교회가 있었고 지금의 경희궁 자리에 서울고등학교가 자리하고 있었다. 카키색 교복에 하얀 칼라가 돋보였던 서울고등학교 학생들. 그들이 가진 저음의 목소리와 눈망울들이 생각난다. 서울고등학교 교정 앞을 지날 때면, 때로는 부끄러움으로 얼굴이 발개지기도 했고 때로는 왠지 모르게 설레기도 했었다.

내가 다녔던 이화여고의 교장 선생님은 합리적 사고를 지닌 분으로 문화적으로도 개방적이었다. 그래서 남자고등학교와의 서클 활동을 공식적으로 인정하였다.

나는 친구의 소개로 고1 후반기에 서울고등학교와 함께 하는 영어회화 서클에 가담하게 되었다. 그곳에서 선배님들과 책자도 만들어내고 영어로 주제를 정해 토론도 하며 고2를 마치게 되었다. 홈커밍 데이에는 〈로미오와 줄리엣〉을 연극하며, 주제곡 〈A time for us〉를 부르기도 했다. 음악 발표회 때에는 트윈폴리오의 〈축제의 노래〉를 듀엣으로 불렀는데, 공연히 웃음보가 터져 망쳐버린 기억도 있다. 왜 나는 갑자기 웃음보가 터질 때가 있는 걸까. 지금 생각해도 진땀이 난다.

70년대는 통기타가 유행할 때라, 우리는 어디서든 사월과 오월, 양희은, 어니언스, 김민기, 윤형주, 송창식, 김세환의 노래들을 부르고 다녔다. 양희은의 〈아침이슬〉〈아름다운 것들〉, 김민기의 〈친구〉〈작은 연못〉, 이장희의 〈그건 너〉 등을 부르고 또 부르며 지냈던 시간들. 통기타에 맞추어 "고개 숙인 그대여/눈을 떠봐요… 광야는 넓어요 하늘은 또 푸르러요/다들 행복의 나라로 갑시다."라고 외쳤던 그들은 모두 편안할까. 그들은 모두 행복의 나라로 갔을까. 문득 궁금해진다.

서울고등학교 건너편에는 MBC 방송국이 자리하고 있었서, 덕분에 간혹 유명한 배우나 탤런트를 운 좋으면 보기도 했었다.

이화여고 정문 닿기 전에 '그린하우스'가 있었는데, 사장님은 뜨끈뜨끈한 식빵 위에 하얀 크림을 듬뿍 얹어주곤 했다. 크림이 빵 속으로 스며들면서 촉촉하게 젖어가는 빵을 친구들과 수다 떨면서 포크로 뜯어 먹었던 그 맛. 잊을 수 없는 별미였다.

드디어 전통 양식을 갖춘 작은 나무문이 나타난다. 이화여고의 옛 정문이다. 그곳을 들어가면 오른쪽으로 붉은 벽돌담으로 만들어진 스크랜튼 홀이 있었고, 쭉 안쪽으로 들어가면 신관이 나타나고 그 길을 따라가면 노천극장이 자리하고 있다.

노천극장에서는 1년에 한 번, 5월 30일, 개교기념일 행사가 열린다. 낮에는 각종 바자회가 열리고 저녁에는 햇불예배가 시작된다. 다음날에는 음악 콘서트가 개최된다. 그때가 되면 남자 고등학생들이 잔뜩 기대에 들뜬 채 삼삼오오 이화여고를 방문했다. 때로는 이화여고생들에게 서로 환심을 사려다 작은 싸움이 벌어지기도 했다. 벽돌담으로 이화여고와 맞닿아 있는 배재고등학교 학생들도 쑥스러워하며 이 축제에 동참했다.

햇불예배는 어둠이 내려앉는 저녁 8시경에 시작된다. 이 예배는 노천극장의 무대 맞은편에 십자가 형태로 자리한 합창단의 촛불 점화로 시작된다. 그리고 모든 객석에서 촛불이 켜지면, 정면의 대형 십자가가 불길에 휩싸이며 훨훨 타오른다. 자유 · 사랑 · 평화를 상징하며. 이어 합창단의 성가가 별밤을 배경으로 퍼져나간다. 간절함과 소망과 희망을 담아 인간의 죄를 대속하기 위해 십자가를 지신 예수님을 위해 경배 드린다. 합창단의 일원이었던 나는 노천극장에서의 횃불예배를 잊지 못한다. 손과 손에 들려진 촛불의 음영에 따라 일렁이던 율동들. 침묵 속에 스며드는 간절한 기도. 그리고 영광, 소망들이 영혼을 풍성하게 하고 맑게 했던 것 같다. 반원으로 둘러싸인 촛불들의 깜빡임은 어둠 속에 쏟아져 내리는 은하수처럼 찬란했다.

다음 날, 하얀 라일락의 달콤한 향내가 바람결을 타고 스며들고, 주렁주렁 매달린 보랏빛 등꽃에서도 향긋한 향내가 어우러지면, 음악 콘서트가 시작된다. 지금도 음악반 선배들이 노천극장 무대에서 불러주었던 차이콥스키의 〈꽃의 왈츠〉가 생각난다. 반짝반짝 빛나는 별밤을 배경으로 경쾌하고 발랄하고 현란했던 음표들의 춤사위를 잊을 수가 없다. 꽃들이 왈츠를 추고, 해맑은 영혼들이 화답한다.

그리고 유관순기념관 개관 음악회 때, 정명훈 지휘자와 함께했던 음악회와 명동예술극장에서의 합창단 발표회도 어둠 속에 묻혀 있다가 어느 날 문득, 반짝 나타나는 보석들처럼 마음 속에서 빛나고 있는 것이다.

어느 봄날, 정희경 교장 선생님께서는 윤여정 선배와 가수 조영남이 약혼을 했다고 노천극장에서 우리에게 소개했다. 우리는 있는 힘껏 환호성을 외치며 축복의 박수를 보냈다. 그들의 행복을 기원하며. 그러나 슬프게도 그들은 헤어졌고, 영광스럽게도 올해 윤여정 선배는 영화 〈미나리〉로 아카데미 여우조연상을 수상했다. 돌아가신 김기영 감독에게 영광을 돌리며 위트 있게 수상소감을 하는 선배에게 박수를 보내며, 나는 영화 〈죽여주는 여자〉를 보았다.

이화여고에서 조금 내려오다 보면, 아담하고 작은 정동제일교회가 자리하고 있었다. 지금도 정동제일교회는 빨간 벽돌로 단장한 채 여전히 제자리에서 단아한 자태로 앉아 있다.

"언젠가는 우리 모두 세월을 따라 떠나가지만/언덕 밑 정동 길엔 아직 남아 있어요/눈 덮인 조그만 교회당"(이문세의 〈광화문 연가〉 중)에서처럼, 여전히 세월을 견디며, 초월하며 서

행복의 투이새를 찾아서

있는 정동교회. 50년 세월이 훌쩍 흘러 얼굴은 주름지고 세월이 안겨준 고단함에 힘들지라도, 나는 정동길이 언제나 정답다. 정다워져서 혼자라도 외롭지 않다. 추억 속의 보석들을 조금씩 조금씩 꺼내면서 걸을 수 있으니까. 추억은 버리는 거라는데, 나는 추억을 버리고 싶지 않다. 찬란했던 청춘의 기억들이니까. 눈부시게 빛났던 순수함의 방울방울들이니까.

며칠 전 덕수궁에서 전시하고 있는 '미술이 문학을 만났을 때'를 보기 위해, 서소문에서 내려 이화여고를 거쳐 덕수궁 돌담길을 천천히 걸었다.

"이제 모두 세월 따라 흔적도 없이 변하였지만/덕수궁 돌담길엔 아직 남아 있어요. 다정히 걸어가는 연인들"(이문세의 〈광화문 연가〉 중)에서처럼, 세월은 흘러 누군가는 떠나가고 누군가는 남아 있어도, 초록 생명들이 움트듯이, 또 새로운 연인들이 덕수궁 돌담길을 걸어갈 것이다.

지금도 덕수궁 돌담길엔 다정한 연인들이 손에 손 잡고 다정하게 걸어간다. 새롭게 단장한 돌담과 중간중간 놓여 있는 둥

근 돌의자, 커다란 항아리에 담겨 있는 노랗고 빨간 이름 모를 꽃들이 긴 하루를 마치고 있는 사람들에게 위로를 건넨다.

덕수궁 돌담길을 걸으면 마음이 환해지고 평화로워진다. 덕수궁 돌담길을 제각기 옆에 두고, 앞서거니 뒤서거니 그렇게 우리는 세상을 건너갈 것이다. "향긋한 오월의 꽃향기가/가슴 깊이 그리워지면" 함박눈이 펑펑 내리는 광화문 네거리 이곳에 다시 찾아올 것이다.

덕수궁 돌담길을 하나하나 돌아나가면, 황혼의 날들을 맞으며, 그대와 나, 같은 하늘 아래 빛과 어둠처럼 추억 속에 담담히 깃들 것이다.

시인이 흥얼거리던
〈봄날은 간다〉

봄날은 간다. 싸리꽃을 울려놓고 울려만 놓고 봄날은 떠나가고 있다. 베레모를 쓰시고 파이프 담배를 피우시는, 조병화 시인의 화안한 얼굴이 떠나가고 있다.

일일일생일망(一日一生一忘). 하루를 평생처럼 살라던 시인의 말씀. 과연 나는 어떻게 살고 있을까. 예전에는 하루를 일생처럼 열심히 애쓰며 살았었는데, 이제는 가볍고 단순하게 살고 싶다. 조병화 시인이 이부스키(指宿)의 소녀를 그리워했듯이, 알랭 들롱을 닮은 현실에 없는 그를 그리워하면서. 그렇게 무심히 살고 싶다. 삶도 무겁지 않게, 사랑도 무겁지 않게. 때로는 무겁지도 가볍지도 않게. 때로는 그냥 마냥 푸른 하늘을 보며 그저 무연히 숨 쉬고 싶다. 이제는. 이 나이에는.

20대로 돌아가고 싶지도 않고, 30대로 돌아가고 싶지도 않다. 이대로가 좋다. 60대로 늙어가고 있는 지금이 좋다. 많이 살았다. 애쓰면서 살았다. 이제는 하루만의 위안을 읊조리며, 하루를 자유롭게 살고 하루를 마치며 감사의 기도를 드리고 싶다. 스스로 대견하다고 엉덩이 두드리며, 스스로 위로하면서 그렇게 소소한 순간을 느끼며 살고 싶다. 흔들리는 작은 나뭇잎새를 보며 흘러가는 봄날, 바람의 냄새를 맡고 싶다. 흘러가는 세월 속에 두 팔을 벌리고 온 몸을 맡기고 싶다.

"온 생명은 모두 흘러가는 데 있고/흘러가는 한 줄기 속에/나도 또 하나 작은/비둘기 가슴을 비벼대며 밀려 가야만 한다."(조병화, 「하루만의 위안」 중에서) 그리고 먼 날, 또는 가까이 있을지도 모르는 어느 날, "마지막 하늘을 바라보는 내 그 날"이 올 것이다.

생명과 소멸의 흐름 속에서 조병화 시인은 어느덧 하늘로 돌아가고, 이렇게 푸르른 하늘 아래 작은 꽃망울 틔우던 싸리꽃도 시나브로 지고 있다.

학생들이 교정에서 인사 드리면, 오른손을 번쩍 치켜들며, '어이' 하고 고개를 크게 끄덕이시며 답례하시던 시인의 목소리. 내가 대학원 다닐 때, 대학원 원장이셨던 조병화 시인은 염색을 하느라 비닐을 뒤집어 쓴 채로 그림을 그리고 계셨다. "장, 시 쓰기 너무 힘들어. 그림만 그렸으면 좋겠어!" 하시던 시인의 말씀. 대학원 종강 날, 와인을 한 잔씩 건네주시며, "여성들은 남성들의 마지막 자존심을 건드리면 안 돼." 하시던 선생님의 말씀을 나는 새겨 들었다. 결혼 생활 내내. 설악산으로 수학여행을 갔을 때, 경포대를 배경으로 스케치해주셨던 그림을 아직 나는 소중하게 간직하고 있다.

1996년 1월 말경, 『시와 시학』 동인들과 조병화 시인이 함께 했던 일본 문학 기행에 나도 합류했다. 거기서 조병화 시인의 첫사랑 이부스키의 소녀를 만났다. 규슈에서 가장 남쪽에 위치한 이부스키. 그곳에서는 동백꽃이 온몸을 빨갛게 물들이고 있었다. 하얀 집 기타하라 하쿠슈(北原白秋) 문학관도 함께 둘러보았다. 일정을 마친 후 일본 이부스키의 주점에서 부르셨던

시인이 홍얼거리던 〈봄날은 간다〉

조병화 시인의 애창곡, 〈봄날은 간다〉는 첫사랑에 대한 그리움일까. 어머니에 대한 그리움일까. 아니면 아내에게 바치는 노래일까. 문득 궁금해진다.

싸리꽃이 흐드러지게 피는 사월이 오면, 나는 〈하루만의 위안〉과 〈봄날은 간다〉를 흥얼거린다. "싸리꽃이 마구 핀 잔디밭이 있어/잔디밭에 누워/마지막 하늘을 바라보는 내 그날이 온다/그날이 있어 나는 살고/그날을 위하여 바쳐온 마지막 내 소리를 생각한다/그날이 오면/잊어버려야만 한다"를 읊조리며 나의 봄날을 떠나보낸다. "연분홍 치마에 봄바람이 휘날리더라/오늘도 옷고름 씹어가며/산제비 넘나드는 성황당 길에/꽃이 피면 같이 웃고 꽃이 지면 같이 울던/알뜰한 그 맹세에 봄날은 간다"라고 노래하시던 조병화 시인의 구수한 목소리를 추억하면서.

이승과 저승 사이에서, 조병화 시인은 서로, 나는 동으로, 들꽃 같은 인생, 버리는 연습을 하며, 이별하는 연습을 하며. 나의 봄날을 떠나보낸다. 봄날은 간다.

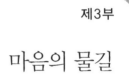

제3부

마음의 물길

바다에서

해체된 오징어가
파아란 하늘에 찍혀 있다.

속이 없는 오징어가
아버지 얼굴처럼
빙긋 웃으며
하늘에 널려 있다.

무심(無心)을 내어
우리에게 생명을 내어준다.
껄껄껄 (깔깔깔)
참 아버지를 닮았다.

윤동주의 나무

윤동주의 하늘을 보러 가서
만난 윤동주의 우물.

한 귀퉁이 허물어진
하늘자락에는 아직도 청청한
나무 한 그루가 자라고 있었다.
고독했고 부끄러움을 가졌던
한 사나이의 생명나무가.

창씨개명의 부끄러움으로
온 영혼으로 아파했던
한 사나이의 고독이
생명의 진액을 빨아들이며

아직도 그림처럼

자라고 있었다.

윤동주의 나무

친정엄마

바닷가 친정엄마가
오징어를 널다
등을 펴고
하늘을 바라보는 시간,
그것이 사랑입니다.
그것이 평화입니다.
그것이 희생입니다.

바닷가에 사는
등 굽은 친정 엄마.
오징어를 탯줄 같은 줄에 널다
등을 펴고
하늘을 바라보는 시간,

그것이 사랑입니다.
어깨 두드리며
바다를 바라보는 시간
그것이 행복입니다.

바닷가에 사는
등굽은 친정 엄마가
등을 펴고
오징어를 널다
하늘을 바라보는 순간,
보이는 무심한 바다,
그것이 사랑입니다.

친정엄마

해체된 오징어처럼

친정엄마는

눈도, 내장도, 다리도 다 내어주고 비로소 임무를 달성한 듯

바다 위에서 환히 웃습니다.

새해 첫날

새해 첫날,
일출을 바라보는
어부의 눈동자엔
감성돔과 농어가 고이고
전복과 문어가 고이고
도시로 간 새끼들의 신산한 삶이 고이고
손자들의 해맑은 웃음이 고인다.
모두 한 해 무탈하거라
모두 한 해 복 많이 받거라.

양포 일출을 보며

해가 둥실
바다에서 떠오르는 순간,
내 몸의 티끌을 밀어낸다.
축복 받으소서.

오어사 가는 물길

오어사 가는 길에
피는 벚꽃

벚꽃 따라 흐르는
마음의 물길 되짚어 보면
지나온 사랑도, 미움도, 상처도
오롯이 가라앉는다.

삶이란

자기 몸보다 몇 배나 큰
쓰레기 더미를 끌고 가는 할머니.
종이박스, 깡통, 철사 등이
서로 엉켜 뒤섞여 있다.
아직도 풀어야 할 생의 숙제가
저토록 많은 것일까.
아직도 생의 무게가
저토록 무거운 것일까.
남해 다랭이 논물길처럼
골진 할머니의 이마에서
떨어지는 땀방울,
그녀의 눈망울에 맺혀 있는

무연한 하늘

삶이란 참……

따사로운 햇살로, 산들바람으로, 선생님은 우리와 함께 계시는 걸까요. 아직도 선생님의 빈자리가 실감나지 않습니다. 제자 사랑이 각별했고, 옆에 있는 누구에게나 따뜻했던, 단원(丹園) 장현숙 교수님. 날이 갈수록 그리움은 더 깊어집니다.

베풀어주신 사랑과 가르침에 조금도 보답하지 못했는데, 그렇게 훌쩍 가버리시다니, 말할 수 없는 슬픔과 아쉬움만이 가득합니다. 앞으로도 선생님의 가르침은 학문의 바탕으로, 베풀어주신 사랑은 따뜻함으로, 나누었던 이야기는 그리움으로, 함께 여행을 했던 곳은 추억으로, 저희들과 늘 함께할 것입니다.

생전에 쓰신 글 중 에세이와 시를 모아 출간하며 그리움을 달래봅니다. 선생님의 가르침대로 성실하게 배우고 나누며 살아가겠습니다. 그것만이 존경하고 사랑하는 선생님의 뜻을 기리는 길이라고 생각합니다. 유고집 출간에 도움을 주신, 푸른사상사 한봉숙 대표님과 직원들에게 감사드립니다.

2022년 10월 10일
단원연구실 제자들

편집 후기